披雪聽月
披雪聽月
八十七叟

目录

《披雪听月》序／〇〇一
《披雪听月》画册序／〇〇六
山水发清幽／〇〇一
才俊著三湘／〇四一
玉树傲临风／〇七七
千古蕙兰香／一二一
一掬红颜泪／一七七
庄媚吐心音／一八九
跋／二三四
后　记／二三七

春詞
新妝宜下朱樓深鎖春光
一院愁行到中庭數花朵
蜻蜓飛上玉搔頭
劉禹錫句

《披雪听月》序

一瓣雪花的《披雪听月》一书即将付梓，托余为之序。因一瓣雪花是一相熟青年诗友，素知其善诗词、楹联，并有相当造诣，故于此赘语二三。

古典文学中之诗词、楹联，乃中华之国粹也。其传承有序，历代名人辈出，一些名篇至今万口传诵。要欣赏或写出高水平的作品来，必然具备深厚的国学素养，所以今日能写出高水平诗联作品的作者寥若晨星。而一瓣雪花，竟利用业余时间创作了大量题材丰富的诗联，且水平已在常人之上，可喜可贺。读其湖南名胜、名人联咏，历代才女组诗，及红楼组诗等作品，让人耳目一新。作品之思想内涵，已跳出卿卿我我之圈子，有了对人物、山水的深刻理解与咏叹。其作品老辣、雄浑、凝练而境深意远，有不让须眉之气。

细品《披雪听月》，大致有如下几个特点：

一、遣词洗练，言简意赅

一篇好的古典文学作品，除了有可读性，还在于用最简明的语言，表达丰富的思想内涵。这就需要作者有较深厚的文学功底和超强的文字概括能力。如雪花《曾国藩》联：

一生补尽江山，纵万马湘军，未尝霸气逼清主；

四壁洞明学问，留半湖水色，偶寄闲心惜合肥。

上联『一生补尽江山』，短短六个字，将曾国藩南征北战、劳顿鞍马、中兴大清的柱臣形象，一笔总括而出，惜墨如金。『纵万马湘军，未尝霸气逼清主』，则包含了作者对曾国藩洞明世事、熟谙功高震主之理的深刻理解。言虽简，意尤深。其《侯夫人》『一缕香魂终绝怨，悲来女子似杨花』，以杨花飞扬无定所、终零落成泥为喻，恰切地表现了宫女的悲惨命运，言有尽而意无穷。

二、扣题严合，思路畅达

大凡一首诗联，不管写得优劣与否，切题是非常重要的，即精确把握咏叹对象之特质。唯如此，才能更好地表述主题。这一点，《披雪听月》集中作品，拿捏很到位。如《武则天》诗，『一帝』、『女儿身』、『无字碑』，皆与武曌相关，换他人不可也。再如《题洞庭湖君山岛》：

一岛夺湖天，万顷烟波拥独翠；

二妃悲帝舜，千竿斑竹汲余芳。

此联中『一岛』、『独翠』、『二妃』、『余芳』、『万顷烟波』、『千竿斑竹』，综合起来乃君山特质，是别处景点所不备者，此为扣题严合。联作上下，从君山处所、典故两方面着手，以景引情，以情写景。思路通达，毫无滞赘之笔。做到这一点，并非易事。说明作者饱读诗书，思维清晰，当不吝赞美。

三、句式多变，题旨新颖

《披雪听月》二百余篇作品，无论诗、联，句式鲜有重复，此乃体现了作者的文字功底和驾驭语言能力。如《周敦颐》：

宋理拓先河，挽儒学于倾废，孔孟真传开正调；

湖湘饶杰物，宠莲花到痴迷，琴诗大雅漫濂溪。

句式为五、六、七结构。《题岳麓书院》：

林岫开三学，周始张承，府院千秋敦教化；

书风纳百家，求仁传道，弦歌四海接邹鲁。

句式为五、四、七结构。《题衡山》：

一岳逼诸天，正东收湘水、北压洞庭，七十二峰飞来峭拔；

千秋开福地，引谪仙吹雪、老杜减愁，八百余里夺尽清凉。

句式为五、五、四、八结构。如此变化，联作中不胜枚举。诗作亦如此，如《沈善宝》：

晚清－风雨－几诗骚，闺阁－愤然－横笔刀。

鸿雪楼中－稀－粉黛，名媛－有幸－沈家毫。

前两句虽基本结构相似，但词组结构多有不同。这些技巧运用得很娴熟，避免了单调与拗口。

除此之外，雪花作品时有新意，不落俗套。并以诗人敏锐的眼光，发古人所未言。如《刘令娴》：

可叹三娘名太重，一襟悲泪祭夫遥。

自古人多言其『文辞俏拔』、『搁笔徐公』，伤其失夫。而作者独云三娘名重，徐悱早亡。此真奇语也！细思之，乃是从独特角度褒扬令娴之才。高仲武曰：『……勉名臣，悱名士，得此才女，抑不幸耶！』信之。《左芬》诗有『若是三都无纸贵，深宫何处锁春姿』句。左芬因其兄左思《三都赋》名扬而被招入宫中，抱才忧郁而死。作者饱蘸同情之心，以假设左思无洛阳纸贵之赋、左芬也不会悲殒九重作结，颇见新奇，力敌千钧。其他如『一别花都伤紫阙，中唐无复性情人』（《李冶》）、『绛帐半生谁识得，徒教俗子骂荒唐』（《程蕙英》）、『秉清高而终老，幸哉失手抗清，禹甸大才横出世』（《王夫之》）等，俯拾皆是。

心之所之谓之志，志之所之谓之言。言者，性之情、心之声也，其所之为诗。《披雪听月》集，诸体皆备，各有力作。因端而发，不废兴、观、群、怨，读之当有所思、所感、所悟。余虽琐事冗繁，亦当不惜笔墨也！

最后，写一首小诗表我心意，祝贺一瓣雪花的成功之作：

披雪醇情一瓣花，凝香散入万人家。
诗刀岳麓雄浑处，听月寒烟蕴彩霞。

晨崧

二〇一一年三月二十日

晨崧：1935年生于河北省泊头市。又名肖锋，本名秦晓峰。中华诗词学会顾问、中华诗教委员会副主任、全球汉诗总会副会长、中国诗词研究会名誉会长、观园诗社社长。并著有《晨崧诗词选》、《诗词理论选编》、《忘年情义最深长》、《文缘　诗意　心声》等诗文集。作品和文章多被选入多种专集、辞书、辞典和碑林，或被陈列馆收藏。

《披雪听月》画册序

众人皆知勤者贤。勤，一字易读，却是难以持恒。坚持之下，心胸里必是磊落之气。勤为画界贤者之大德，曹衣吴带，宋风明派，勤者数之不尽，直至近代白石先生亦然。然今世界日新月异，时不待、心不宁，而勤者于今更为可贵矣！我不觉得抛世离群才可铸炼画技，心静神宁是画者之心必循之道，然笔下意境岂可是角隅蚁穴丝缕羊肠？是定要做到融汇古今，承前启后，方可说出其神髓一二。

小友卢波，于画者群龄而言年岁不大，闻其沉默寡言、重疾缠身、抑郁扰神，唯知作画延年。其不闻尘事，潜心于画，可谓画痴。其抱病习墨，不废光阴，可谓执着。见其作，竟令余有他乡遇故知之感。其画有三异：其一，动漫中见线描风骨。承接古今，繁华细密，然其式竟为时下之卡通，异矣！其二，连环画里寻古意。其自三岁便开始临习王叔晖、刘凌沧等连坛巨匠之作，且多迷恋六朝笔意，抒线如书，俊秀飘逸，偏走大多画家所弃之坎坷真径。其三，融会贯通之工笔。其幼年便多做速写、素描，且喜装饰设计，又好文词诗作，音律屏影，汇之以丰富之灵，化作以融汇之意，工笔人物里多有顾盼伤情之慨，弦外之音，隐奇情密意，可观之良久，引观千里浮游，岂不异矣？！三类作齐头并举，心血绘就，量丰品高，然出一病骨之丹青，人也异也。余求索于此生，幸也。然春华秋实数度后，所就之心释然。卢波生之磨难，令其磨心铸性，千里遥遥，一笔通心，快事也。

此番《披雪听月》，是卢波的工笔画第一次结集成卷。不言诗作之高妙，就图意而言，其形憨然可爱，其线飘逸内敛，其态真性高然，其意古远唐宋。作者谦言皆是征途之矢，未近一二。数图一月而成，然层染不躁，发缕纤丝毕现，构图中古今通融，线里可见神宁心平，却又顺畅驰骝，如独舟行江之悠悠，月暗酌香之恹恹，其心已是桃源南山。二湘翩跹，宋玉潇然，欧阳化境，钟馗遒悍，此图堪对诗心血！

夜朗星稀，又是小友卢波作画时，愿他病体早愈，痴心不改，为世间再添一段佳话。古人云：『龙岂池中物，乘雷欲上天！』今日八十六龄老翁在长沙，赠小友卢波嵌名联一幅，以表喜爱之心！

卢酒阅清纯，百味红尘皆有悟；

波涛扬焕烂，一轩云墨足开怀。

注：焕烂：扬赤波之焕烂。（郭璞《盐池赋》）

李立

二〇一一年三月于长沙西园北里

山水发清幽

——湖南名胜联咏

题湖南山水

湖湘山水禹中驰，半是烟云半水奇。
胜迹千秋吟啸客，餐霞何处不留诗。

湘江

湖南山水名胜赋

万里湖湘，千重山水。东南奇秀，厚重人文。纳天地之灵气，育高岫之烟云；收古今之骚客，吟胜景之清幽。游之，可开释块垒、放浪形骸，则身心无忧矣。

三湘物景，半壁河山。最喜八百里洞庭，烟波浩渺。鸥鹭翔集、帆樯连贯，更有一楼千秋，范子忧乐，引文人墨客骋怀感叹。若山，则七二峰衡岳，奇险峥嵘。北挽洞庭，东襟湘水；万峦如飞，五岳独秀。其花、云、日、雪，四时堪销魂也。其祝融一峰拔地，寺古溪幽，飞鸟流泉，宛然仙境耳。地北，则武陵大庸，幻地貌以洞石，插峰岫于苍穹。千溪争碧，群山如画。

论绝美之地，婉然湘西。恋凤凰城之古韵，濯猛洞河之澄流；舞苗家之神鼓，染沈子之书香。若道山水神奇，韶山犹自堪夸。帝传韶乐，泽被古今。诞伟人于灵秀，垂天地之精华。

湘土胜迹，璀璨禹中。四时橘洲，赏尽三更渔唱、万家灯火；一城岳麓，传流半山书院、千载弦歌。武陵迷隐于桃花，舜妃相思以斑竹。永州浯溪，诗崖百丈；浏阳道吾，莲峰空禅。尚有一亭爱晚，一窑铜官；万里湘江，百秋师范。如此宝地形胜，为湘人岂不乐哉？

吟之以情，成之以赋，唯叹钝笔，不尽抒怀。

题岳麓书院

林岫开三学，周始张承，府院千秋敦教化；
书风纳百家，求仁传道，弦歌四海接邹鲁。

题岳麓书院大门联

收衡湘卷气；育仁德贤才。

题岳麓书院二门联

罗进高贤雅士；放开雏凤潜龙。

题岳麓书院半学斋联

吟诵每同明月朗；窗轩已并古书香。

题岳麓书院讲堂联

望气纳才贤，儒学千秋启正脉；
高堂求典索，楚骚三昧朗清风。

岳麓书院御书楼联

搜尽三朝而下，问何方道德文章，一楼卷气笼湘楚；
盛于千载之中，看此地高贤巨子，九牧学风惠典籍。

题岳麓书院文庙联

至圣先贤，千秋师表；
金声玉振，四海大成。

题岳麓书院濂溪祠联

开理学道风，超然太极；
收莲峰碧水，淡此澄怀。

题岳麓书院四箴亭联

行天下序庠而箴视动；
悟学中气理先拜程朱。

注：序庠：古代学校名。《孟子·滕文公上》：『设为庠、序、学、校以教之。……夏曰校，殷曰序，周曰庠，学则三代共之。』

视动：程氏有《视》、《听》、《言》、《动》四箴。

题岳麓书院崇道祠联

传天下斯文正脉；晤程前大德功臣。

题岳麓书院六君子堂联

筑此林泉，衍先哲人文气脉；
留斯笔墨，期后昆龙凤文章。

题岳麓书院慎斋祠联

自鸿儒开山，此方宝地兴炎土；
有大贤继业，一府良才续雅风。

题岳麓书院船山祠联

宗师一代，节义千秋，自出名山推岳麓；

笺易诂诗，研风究雅，何须饱学拜先生。

［岳麓书院］北宋王禹偁在《潭州岳麓书院记》中赞誉道：『谁谓潇湘？兹为洙泗。谁谓荆蛮？兹为邹鲁。』岳麓书院位于湖南省长沙市岳麓山东侧，紧邻湘江，1988年1月13日被国务院批准为第三批国家重点文物保护单位之一。书院始建于北宋开宝九年（976年），1903年改为湖南高等学堂，至今仍为湖南大学下属的办学机构，历史已逾千年，是世所罕见的『千年学府』。

岳麓山

收来南岳雄奇，俯看万帆湘水、千顷湖波，灵烟独佑人城古；

依旧禹碑宏灿，续衍理厚卷香、亭清寺老，雅气尤教胜迹名。

［岳麓山］其山脉属南岳衡山，古人把岳麓山列为南岳七十二峰之一，称为灵麓峰。南北朝刘宋时《南岳记》载：『南岳周围八百里，回雁为首，岳麓为足。』岳麓山海拔约300.8米，连峦叠峰数十公里，有如一道天然屏障，横亘长沙市区西面。主峰云麓石骨苍秀，廊殿楼阁依山畔石。凭栏远眺，湘江如带，桔洲浮碧江心，双桥飞架东西，古城新廓尽在紫气青烟之中。山有被称为宋代四大书院之冠的千年学府岳麓书院，号称『汉魏最初名胜，湖湘第一道场』的古麓山寺、道家真虚福地之一的云麓道宫，以及地处清风峡的中国四大名亭之一的爱晚亭等。岳麓山云麓峰左侧峰峦上著名的禹王碑，刻有奇特的古篆字，字分9行，共77字。1212年（宋嘉定五年），何致游南岳，在岣嵝峰摹得碑文，过长沙时请人翻刻于岳麓山巅。宋以后，碑被土所掩。明代长沙太守潘镒找到此碑，传拓各地，自此禹碑名闻于世。

古麓山寺

二千年道场庄严，依旧雄殿法音、寺古云空，白鹤丹枫参慧觉；
数百亩林泉禅寂，寻来六朝松虬、三绝碑老，湘江岳麓放光明。

［麓山寺］始建于西晋泰始四年（268年），寺初名慧光明寺，唐初改名为麓山寺。该寺左临清风峡，右饮白鹤泉，前瞰赫曦丹枫、长岛湘流，后倚禹碑风云、深壑林海。有『汉魏最初名胜，湖湘第一道场』之誉，现为全国重点佛教寺院。该寺创建1700多年来，曾六度毁于战火。现在寺由山门、弥勒殿、大雄宝殿、观音阁、斋堂等主要建筑组成。山门作牌楼式，额书『古麓山寺』。藏经阁又名观音阁，阁前有古罗汉松二株，传为六朝所植，又名六朝松，成为麓山寺悠久历史的活见证。麓山寺保存下来的珍贵文物是麓山寺碑，为唐开元十八年（730年）刻于古麓山寺，清咸丰年间移嵌于岳麓书院楼壁间，现保存在湖南大学。碑高约2.72米，宽约1.33米，唐代大书法家李邕撰文并书，碑额篆书『麓山寺碑』四个大字，碑文为行楷书，因其文采、书法、雕刻都极美，又李邕曾任北海太守，故称『北海三绝碑』。

湘江

一水纳千流，万里川山凭毓养；
四时收百代，满江风雨鉴雄豪。

［湘江］湖南人民的母亲河。发源于湖南省永州市、海拔近2000米的九嶷山，是长江中游南岸的重要支流。干流全长约856千米，流域面积约9.46万平方千米，沿途接纳大小支流1300多条，主要支流有潇水、春陵水、耒水、洣水、蒸水、涟水等。有月亮岛、橘子洲头等名胜。

题橘子洲头

越千载而来，依听湘军号角、岳麓书声，引伟人慨苍茫大地；

傍一城独秀，消尽渔唱三更、暑风六月，岂清客酣烂漫橘洲。

〔橘子洲〕位于湖南省长沙市岳麓区境内，是湘江的一个江心小岛，长约5公里，形成于晋惠帝永兴年间，距今已有1600多年的历史。

题爱晚亭

爱日赏云亭，古木流泉清困目；
晚烟堆卷气，吟声林语启幽怀。

注：爱日：生物赖阳光以滋生，因称太阳为爱日。李商隐《江村题壁》：『倾壶真得地，爱日静霜砧。』

［爱晚亭］位于湖南省岳麓山清风峡中，亭坐西向东，三面环山。始建于清乾隆五十七年（1792年），为岳麓书院院长罗典创建，原名红叶亭，后由湖广总督毕沅根据唐代诗人杜牧『远上寒山石径斜，白云深处有人家。停车坐爱枫林晚，霜叶红于二月花』（《山行》）的诗句，改名爱晚亭。今亭与安徽滁县的醉翁亭（1046年建）、杭州西湖的湖心亭（1552年建）、北京陶然亭公园的陶然亭（1695年建）并称为中国四大名亭。

题长沙天心阁

高阁纳天心，千载文华昭地脉；
飞檐回岳气，四围苍翠抱城垣。

［天心阁］天心阁在长沙市中心城区东南角上，是长沙古城的一座城楼。为长沙重要名胜，也是长沙仅存的古城标志。系乾隆十一年（1746年）抚军杨锡绂主持兴建。阁名来自《尚书》『咸有一德，克享天心』之意。

题马王堆

两千年帛简如昨，卓然史著蝉衣，四海望风寻造化；

百十里侯爵何在，剩却冢讹棺惑，几人生面并辛追。

［马王堆汉墓］其出土文物异常珍贵，对我国的历史和科学研究均有巨大价值。马王堆三座汉墓共出土珍贵文物3000多件，绝大多数保存完好。其中有一件素纱禅衣，轻若烟雾，薄如蝉翼，长约1.28米，且有长袖，重量仅约49克，织造技巧之高超，真是天工巧夺。根据推断，一号墓主为利苍之妻，二号墓主为利苍本人，三号墓主则是利苍之子。一号墓由墓顶至椁室深达20余米。椁室构筑在墓坑底部，由三椁（外椁、中椁、内椁）、三棺（外棺、中棺、内棺），以及垫木组成。木棺四周及其上部填塞木炭，厚30~40厘米，重1万余斤。木炭外面又用白膏泥填塞封固，厚度达60~130厘米。棺内出土了一具保存2100多年的完整女尸（利苍的妻子辛追），尸体长约154厘米，出土时外形完整，全身润泽柔软，部分毛发尚存，部分关节可以弯动，这是世界上已发现的保存时间最长的一具湿尸。

临江仙
庚寅 云波

湖南第一师范

历百载沧桑而大振，数海内英贤，各领风骚谁忘我；
传九州学识于后生，扬湘中璀璨，独教典史播隆名。

［湖南第一师范］成立于光绪二十九年（1903年），为解决废科举、兴学校的师资问题，经由湖南巡抚赵尔巽批准设立，王先谦任第一任馆长。百年间，孕育了一大批功勋卓著的革命先驱，造就了许多享誉国内外的仁人志士，培养了成千上万的专家学者、教育界人才。先后于此任教和学习的有徐特立、毛泽东、周谷城、李达、陈天华、蔡和森、何叔衡、任弼时等。

铜官窑

千余载花色珍瓷，依耽风韵传湘古；
三两处窑烟旧址，犹叹李唐施技工。

［铜官窑］又名长沙窑，是唐代南方规模巨大的青瓷窑场之一。长沙窑始于初唐，盛于中晚唐，终于五代，时间延续300多年。其烧制出来的瓷器品种丰富，美观精致，实用性强。这些瓷器在青釉下加绘彩色花纹，冲破唐以前单色青釉一统天下的局面，走出了一条崭新的发展之路。长沙窑是中国釉下彩绘的第一个里程碑，为唐以后的彩瓷发展奠定了基础，是我国彩瓷工艺的骄傲。

浏阳大围山

天表起崔嵬，有千层瀑水、一柱中流，杜鹃林壑翻红浪；
岫岩争貌态，看吻石关门、冰臼悬谷，唐观船窝绕白云。

〔大围山〕位于湖南省浏阳市东北部，距省会长沙约148公里。它以森林茂密，资源丰富，风景秀丽，气候宜人，被称为『湘东绿色明珠』。大围山国家森林公园以『秀』著称，在崇山峻岭和茂密森林之间，镶嵌着无数奇峰异石和100多处流泉飞瀑。满山杜鹃，姹紫嫣红，堪称一绝。大围山地区属于花岗岩中山地貌，第四纪冰川地质遗迹十分醒目。冰斗、冰窖、U形谷、葫芦谷、悬谷、漂砾、冰臼漂砾、冰川堆积之冰碛泥砾等，随处可见。有夫妻松、龙须瀑布、船底窝、青云观、七星岭景区、关门石、吻石等诸多景观。

道吾山

云峤接昊天，烟雨洞湖奇绝岫；
古刹隐峰麓，明松铁瓦近先师。

〔道吾山〕在浏阳市北郊六公里处。是长沙地区名山之一。主峰五老峰，海拔约786米，晴日无云，极目可眺岳麓、洞庭，是古浏阳八景之一『吾山雪霁』的观赏处。兴华寺位于道吾山莲花峰麓，平面作回字形，前后共三栋。山门额书『兴华禅寺』，并有『湖山胜迹』横匾。殿内供木雕释迦牟尼坐像，殿内金柱和檐柱均为径约1米的木柱，屋面覆铁瓦，每瓦正面铸『大明』字样。传唐大和年间（827—835），有僧名宗智者，入山未及顶，为巨石所阻而坐石穴。忽有白衣老人自称沙伽龙，近前致说：『师为开山祖，待师久矣。』宗智答道：『吾志唯此，道成吾矣。』语毕，风驰电掣，石裂道开，宗智从此割茅斩棘，辟地开山，并以『道吾』名此山，建道吾寺。唐文宗时（826—840）改名为护国兴华大禅院。

韶山

传韶乐而山显，数南岳拔奇，七十二峰唯我大；
诞巨人于地灵，挺东方脊柱，万千百姓感恩深。

［韶山］『韶』乃虞舜时乐名。《书·益稷》曰：『箫韶九成，引凤来仪。』史载：『韶山，相传舜南巡时，奏韶乐于此，因名。』韶峰为南岳七十二峰之一，有慈悦庵的六朝松、滴水洞、虎歇坪等著名景观，以及毛泽东故居、毛氏宗祠、纪念馆及新建的毛泽东铜像、毛泽东诗词碑林、韶山烈士陵园等。

题衡山

一岳逼诸天，正东收湘水、北压洞庭，七十二峰飞来峭拔；

千秋开福地，引谪仙吹雪、老杜减愁，八百余里夺尽清凉。

注：李白《与诸公送陈郎将归衡阳》曰：『衡山苍苍入紫冥，下看南极老人星。回飚吹散五峰雪，往往飞花落洞庭。』

杜甫《题衡山文宣庙新学堂呈陆宰》诗：『故国延归望，衰颜减愁思。』

［衡山］又名南岳，是我国五岳之一，位于湖南省衡阳市南岳区，海拔约1300.2米。有『南岳独秀』的美称。清人魏源《衡岳吟》中说：『恒山如行，岱山如坐，华山如立，嵩山如卧，惟有南岳独如飞。』

炎帝陵

五千年族根犹在，护苗裔盛衍，香火古今崇一帝；
百万里疆土无分，历沧桑换转，民心结铸祀同宗。

［炎帝陵］位于湖南省株洲市炎陵县（炎陵县原名『酃县』，1994年经国务院批准改为炎陵县）城西约17公里的鹿原镇境内（炎帝陵一共有三个，另外两个为陕西省宝鸡市炎帝陵、山西省高平市炎帝陵）。晋代皇甫谧撰写的《帝王世纪》曰：炎帝『在位一百二十年而崩，葬长沙』。宋代罗泌撰《路史》云炎帝『崩葬长沙茶乡之尾，是曰茶陵』。炎帝陵始建于宋太祖乾德五年，经历代修葺至今，规模宏大。陵园沿陵墓南北纵轴线均衡对称布局，坐北朝南，南临洣水，南北长约73.4米，东西宽约40米，占地面积约4936平方米，建筑面积约903平方米。陵园保持了浓郁的清式建筑风格，红墙黄瓦，古木参天，庄严肃穆，气势恢宏。陵区面积约5平方千米。现为全国重点文物保护单位和全国爱国主义教育示范基地。

题岳阳楼

追前人大雅，放怀八百里烟波，风月千秋经老眼；

聆俊士高谈，忧国两三行笔墨，登临几度慨余生。

〔岳阳楼〕岳阳楼耸立在湖南省岳阳市西门城头、洞庭湖畔，自古有『洞庭天下水，岳阳天下楼』之誉，与江西南昌的滕王阁、湖北武汉的黄鹤楼并称为江南三大名楼。北宋范仲淹脍炙人口的《岳阳楼记》更使岳阳楼著称于世。现在的岳阳楼为1984年重修，沿袭了清朝光绪六年（1880年）修葺时的形制。1988年1月被国务院确定为全国重点文物保护单位，同年8月被列为国家重点风景名胜保护区。2001年元月被核准为首批国家AAAA级旅游景区之一。

题洞庭湖君山岛

一岛夺湖天，万顷烟波拥独翠；
二妃悲帝舜，千竿斑竹汲余芳。

〔君山岛〕君山，古称洞庭山、湘山、有缘山，是八百里洞庭湖中的一个小岛，与千古名楼岳阳楼遥遥相对，总面积约0.96平方公里，由大小七十二座山峰组成，被道教列为天下第十一福地，现为国家级重点风景名胜区、国家AAAA级旅游区。

君山名胜古迹众多，文化底蕴深厚，相传君山岛有五井四台、三十六亭、四十八庙。历代文人墨客围绕君山的『奇』『小』『巧』『幽』『古』，或著文赋诗，或题书刻石。岛有中国发现的历史上最早的摩崖石刻、『星云图』、新石器遗址、『舜帝二妃墓』等景观。

屈子祠

山水祭孤忠，灵貌未随风雨歇；

庙堂开敞阔，丹心犹憾古今人。

[屈子祠] 亦称屈原庙，现辟为屈原纪念馆，位于湖南省汨罗城西北玉笥山顶。始建于汉代，原址无考。乾隆二十一年（1756年），将它移建至玉笥山上。占地约7.8亩，自山脚至祠有石阶119阶，为三进青砖结构。祠正门牌楼墙上绘有13幅屈原生平事迹浮雕。

题岳阳鲁肃墓

德于斯、卒于斯，公卓然千古；
扶霸主、谋霸业，地仰此一人。

［岳阳鲁肃墓］位于岳阳市岳阳楼以东约500米处。坟堆耸立如丘，高约8米，直径约32米，占地面积约800平方米，周围砌有石栏杆。墓碑两侧的石柱上刻着一副对联：『扶帝烛曹奸，所见在荀彧上；侍吴亲汉胄，此心与武侯同。』墓顶上有一小亭，亭中竖一石碑，碑上刻着曹锟撰写的铭文：『距今1698年，汉建安二十二年，东吴水上将军鲁肃卒于斯，巴陵人思其德而葬之于斯。余在岳阳，过其冢下，想见其为人，为之徘徊留连不去。旧冢有亭，亵不容人，余从而修葺之，而为之铭曰：公德于斯，卒于斯，而葬之于斯。呜呼，公足以千古！』

题芙蓉楼

名楼耸楚南，收尽姑苏台榭、沅舞水云，亭前曾畅新词调；

美誉流湘外，吟来辛渐冰清、谪仙花落，月下犹传古笛声。

注：李白诗曰：『杨花落尽子规啼，闻道龙标过五溪。我寄愁心与明月，随风直到夜郎西。』

［芙蓉楼］坐落在沅、舞二水汇流之处的湖南洪江市黔城镇，为古典园林建筑，占地约4250平方米，北廓临江，依林踞阜。筑叠巧思、错落有致，被誉为『楚南上游第一胜迹』，是历代文人墨客吟诗作画之处。

芷江受降纪念坊

石坊证凯旋，日军终付疯狂血；
江水息波浪，先烈长安英武魂。

〔受降坊〕在芷江城外七里的七里桥。桥是石拱桥，跨度不到100米，桥边一座石碑，上刻『日军投降之地』。是世界上唯一一座『二战』胜利纪念标志建筑，被称为『中国凯旋门』。纪念坊以白石砌成，四柱三门，造型像一个『血』字，坊上有这样的碑文：『和平未到绝望，绝不放弃和平；牺牲未到最后关头，绝不轻言牺牲。』1945年8月21日，正是在这里，侵华日军副总参谋长今井武夫与中国陆军领导人洽降，并在投降备忘录上签字。

题益阳罗溪瀑布景区

一千尺倾河而下，化三叠深潭，万壑惊闻雷鼓动；
数百秋奇水无争，望四隅笼翠，半坡漫涨竹桃香。

〔湖南益阳桃花江罗溪瀑布风景区〕位于桃江县城西南30公里处的高桥乡，景区面积约32平方千米。罗溪瀑布这一自然奇景，早已是《湖南名胜词典》记载的湖南有名的三大瀑布之一，文人墨客在此留下了不少诗篇。明末江西巡抚郭都贤目睹罗溪瀑布的壮丽景观后，写下《望罗溪瀑布》诗一首：『仰见一虹飞，时挂苍崖白。雷雨助其威，雪目争奇魄……』

湖南益阳桃花江

一水半烟波，临江尽是桃花面；
重山叠碧翠，漫步闲吟楠竹风。

［湖南桃花江景区］气候宜人，盛产楠竹，拥有八十万亩竹林，位居全国第三，是天然氧吧。自古出美女，有『美人窝』之称。

庚寅

题桃花源

武陵何处千秋，看此地竹林茅舍、溪水桃花，半壑烟云浮古刹；
秦道豁然一洞，问谁人归引樵歌、闲听渔唱，几丛红绿漫疏篱。

［常德桃花源］桃花源是东晋大诗人陶渊明描绘的人间仙境、世外桃源，至今已有一千六百多年的历史。其山水田园之美，寺观亭阁之盛，诗文碑刻之丰，历史传说之奇，举世闻名，具有很高的游览价值、历史价值和文化艺术价值。

桃花源位于湖南省常德市境内，南倚巍巍武陵，北临滔滔沅水，史称『黔川咽喉，云贵门户』，要居衡山、君山、岳麓山、张家界、猛洞河诸风景名胜中枢，特殊的地理位置使桃花源得以吞洞庭湖色，纳湘西灵秀，沐五溪奇照，揽武陵风光。

石门夹山

一寺镇名山，劫存兵火犹香盛；
孤王传隐冢，肇始茶禅尽祖馨。

〔夹山国家森林公园〕位距石门县城东南约8公里，是集闯王陵园、佛教圣地、茶道源头、森林风光于一体的旅游胜地。2001年被评定为中国AAA级旅游景区。公园现有闯王墓（陵）、灵泉禅院、洗墨池、玉玺井、碧岩泉、佛光阁、名人墓等10余处景点。夹山寺，又名夹山灵泉禅院，位于夹山国家森林公园中心景区，历代为『楚南名刹』。唐咸通十一年（870年），善会大和尚获唐懿宗御赐、领众僧开山建寺于此，称普慈寺。后有宋神宗、元世祖先后下诏修葺，故有『三朝御修』盛名。夹山寺千百年来，历尽兴衰，至明代由于兵火连年，殿宇大多毁坏，仅有僧人60余名。清代顺治初年，农民起义军领袖李自成兵败，据传他以奉天玉的法名驻锡于此，带领数千僧兵，大兴丛林，形成九殿一宫、『骑马关山门』的宏大格局。

题凤凰古城

凤凰几度重来，数百年吊楼石巷、斗拱飞檐，一桥虹卧烟云古；

沱水何妨闲泛，两三处文舍武堂、卷香剑气，孤寨龙盘风雨平。

〔凤凰古城〕位于湖南省湘西土家族苗族自治州的西南部的凤凰县，是我国历史文化名城、著名4A级旅游景区。境内旅游资源十分丰富，城内建筑古朴典雅，素有『中国最美的小城』之誉和『画乡』之称，在第十五届亚洲（博鳌）旅游金旅奖颁奖盛典上被评为『亚洲·大中华区最佳环保旅游景区』。

猛洞河

收来三峡雄奇，一河光色随峰转；
夺尽漓江娟秀，两岸青葱入水幽。

［猛洞河］位于湘西土家族苗族自治州境内。发源于桑植县的上河溪和龙山县的猛必村，相传源头有一猛洞，故称猛洞河。它全长100多公里，洞河山清水秀，鸟语花香，峭壁高耸，古木参天，溶洞奇多。由于地质与桂林相似，再加上早先就形成的峡谷深涧，因而它既带有三峡之雄伟，张家界之神秘，又融漓江之娟秀。

张家界

两湖奇秀而来，领千峰耸峙、万水穿流，洞壑幽深争地貌；
一脉繁衍为盛，遗元亮桃花、留侯仙骨，林泉啸咏正天时。

注：两湖：张家界地处湖南、湖北中间。

元亮：陶渊明字。

［张家界］位于湖南西北部、澧水中上游，属武陵山脉腹地。1982年9月，张家界拥有中国第一个国家森林公园；1988年8月，武陵源被列入国家第二批40处重点风景名胜区之内；1992年，由张家界国家森林公园、索溪峪风景区、天子山风景区三大景区构成的武陵源自然风景区被联合国教科文组织列入《世界自然遗产名录》。武陵源地处武陵山脉中段，武陵山脉则横亘湖南、湖北、贵州、四川等省。唐代诗人王维曾有诗云：『居人共住武陵源，还从物外起田园。』相传汉代留侯张良曾隐居于此。

九嶷山

万岫拜巍峨，九峰拱峙天南秀；
千秋寻帝舜，一岭漫生妃竹香。

［九嶷山］又名苍梧山。位于湖南省南部永州市宁远县境内，宁远县城南约30公里，属南岭山脉之萌渚岭，纵横2000余里，南接罗浮，北连衡岳。《史记·五帝本纪》：『（舜）南巡狩，崩于苍梧之野。葬于江南九疑……』《水经注》云：『苍梧之野，峰秀数郡之间，罗岩九峰，各导一溪；岫壑负阻，异岭同势。游者疑焉，故曰九嶷山。』山有九峰，传舜帝南巡，死于苍梧，娥皇、女英二妃寻觅未着，泪洒竹上，即成斑竹。

永州浯溪

林溪夹岸幽奇，胜景独怜元刺史；

文赋摩崖绝妙，法书长拜鲁颜公。

〔浯溪〕发源于湖南省双牌县阳明山的一条小溪，流经祁阳盆地，在祁阳县城南郊约2公里处的古渡口流入湘江。唐代著名散文家、诗人元结出任道州刺史时，乘舟逆湘江而上，路过此地，爱其胜异，将溪命名『吾溪』，后改作『浯溪』。公元764年，元结写下了《大唐中兴颂》，记述安史之乱，后由唐代著名书法家颜真卿书刻于现存约96平方米的摩崖之上。元文、颜字，加之天公造就的峭岩，文奇、字奇、石奇，世称摩崖三绝，被尊为国宝。历代文人学士到此游览，吟诗作赋，相继铭刻石上，留下的诗、词、赋、文等摩崖石刻达505方之多，形成了驰名中外的诗海碑林，为史学、文学、文字、书法的研究保存了珍贵的资料。浯溪碑林被列为国家重点文物保护单位、4A级风景名胜区。

才俊著三湘

——湖南名人联咏

题湖南名人

自古楚湘钟大才，每教勋业动风雷。
神州砥柱多贤俊，吟到飞扬一举杯。

高士图

湖南名人赋

湖南，人杰地灵之处也。古往而今，水土滋养，卷气熏陶，才子英贤，卓然立世。数来伟人、将军，书家、画怪，文宗、理圣，皆三湘之幸、中华之宝也。余一介扫眉女子，望其项背而自愧，读其翰墨以常省。所感忝付笔端，抛砖瓦以引珠玉也。

湖湘文化，积淀日深，俊达贤能，熏陶其馨。崇领袖之伟业，千古之一人；忆王震之功勋，九州之柱臣。率更绝楷，领法度而开峻峭；醉僧狂草，呼风雨以写万象。叹文正以毕生戎马，鞠躬尽瘁；慨湘绮于等身经史，熔铸为宗。凛然国难，壮飞肝胆；醒眼阅世，变革魏源。尚有理学鼻祖，大雅濂溪；诗坛牛耳，宰臣西涯；一代巨子，船山绝响；一代范臣，文毅贤良。其如日月之灿烂，春风之骀荡。多少名人堪赋，几度搁笔思量。

华夏历史，诸子辉煌，各朝风流，足播千秋。与天地同存者，何人不起敬仰之心乎？

蔡伦

人史同流播，叹千年帝阙何寻、龙亭犹在；
湖湘尽养滋，惠一纸世间被福、宇内蜚声。

［蔡伦］（61—121），字敬仲，汉族，东汉桂阳郡（今湖南耒阳）人，永平末年入宫为宦官。历任小黄门、中常侍兼尚方令、长乐太仆等职，封『龙亭侯』（封地在今陕西省洋县龙亭铺镇）。所发明的纸张被称为『蔡侯纸』，其『监作秘剑及诸器械，莫不精工坚密，为后世法』。『有蔡太仆之弩，及龙亭九年之剑，至今擅名天下。』

欧阳询

神髓化二王，开一代峻峭书风，李唐而后无椽笔；
翰墨推八法，领千秋碑帖楷范，形貌何曾拒大家。

〔欧阳询〕（557—641），汉族，字信本，公元557年出生于衡州（今衡阳），祖籍潭州临湘（今湖南长沙），楷书四大家（欧阳询、颜真卿、柳公权、赵孟頫）之一。隋时官太常博士，唐时封为太子率更令，也称『欧阳率更』。与同代另三位书法家（虞世南、褚遂良、薛稷）并称『初唐四大家』。因其子欧阳通亦善书法，故其又称『大欧』。欧阳询楷书法度之严谨，笔力之险峻，世无所匹，被称为唐人楷书第一。他与虞世南俱以书法驰名初唐，并称『欧虞』，后人以其书于平正中见险绝，最便初学，号为『欧体』。

怀素

椽管逼天倾，能醉到呼风唤雨，万象无形，一堂什物皆狂草；

书僧绝史响，且挥来笔冢蕉林，四时率意，千载疏狂齐谪仙。

〔怀素〕（725—785），唐时人，字藏真，僧名怀素，俗姓钱，汉族，永州零陵（湖南零陵）人。幼年好佛，出家为僧。他是书法史上领一代风骚的草书家，用笔圆劲有力，使转如环，奔放流畅，一气呵成，与唐代另一草书家张旭齐名，人称『张颠素狂』或『颠张醉素』。其能诗，与李白、杜甫、苏涣等诗人都有交往。好饮酒，每当饮酒兴起，不分墙壁、衣物、器皿，任意挥写，时人谓之『醉僧』。曾植万余芭蕉，以练书法，写损笔头葬之曰『笔冢』。

周敦颐

宋理拓先河，挽儒学于倾废，孔孟真传开正调；
湖湘饶杰物，宠莲花到痴迷，琴诗大雅漫濂溪。

［周敦颐］（1017—1073），字茂叔，号濂溪，宋营道楼田堡（今湖南道县）人，北宋著名哲学家，是学术界公认的理学开山鼻祖。『两汉而下，儒学几至大坏。千有余载，至宋中叶，周敦颐出于舂陵，乃得圣贤不传之学，作《太极图说》、《通书》，推明阴阳五行之理，明于天而性于人者，了若指掌。』《宋史·道学传》将周子创立理学学派提高到了极高的地位。

李东阳

执天下诗坛牛耳，独步一时，取法唐音宗杜钵；位明中龙阙宰臣，绝书四表，得髓纯雅出颜公。

［李东阳］（1447—1516），字宾之，号西涯，谥『文正』。祖籍湖广茶陵（今属湖南），汉族。明代中后期，茶陵诗派的核心人物，诗人、书法家、政治家，官至吏部尚书兼华盖殿大学士。其书法得髓于颜真卿，史赞之『长沙公大草，中古绝技也！玲珑飞动，不可按抑，而纯雅之色，如精金美玉』。其诗崇老杜，主张『诗必有具眼，亦必有具耳。眼主格，耳主声。闻琴断知为第几弦，此具耳也。月下隔窗辨五色线，此具眼也。』《明史》中曰：『弘治时，宰相李东阳主文柄，天下翕然宗之。』主编有《历代通鉴纂要》、《大明会典》、《孝宗实录》等。

王夫之

秉清高而终老，幸哉失手抗清，禹甸大才横出世；
推气理乃由天，卓然超尘博识，船山绝响几回音？

〔王夫之〕（1619—1692），字而农，号薑斋，别号一壶道人，湖南衡阳人，汉族。晚年居衡阳之石船山，世称『船山先生』。明末清初杰出的思想家、哲学家，与方以智、顾炎武、黄宗羲同称明末四大学者。王夫之学问渊博，对天文、历法、数学、地理学等均有研究，尤精于经学、史学、文学。主要著作有《周易外传》、《周易内传》、《尚书引义》、《张子正蒙注》等。

邓显鹤

推船山终以魁首，识惠八方，士林仰止崇先哲；
复湘学堪为师表，思开三杰，湘土风流遗后人。

［邓显鹤］（1777—1851），字子立，一字湘皋，湖南新化人。嘉庆九年举人。笃于内行，博涉群书，足迹半天下，海内文人多慕与之交。晚官宁乡训导，寻乞病归。生平尤笃风义，喜振拔孤寒。著有《南村草堂诗钞》、《文钞》、《易述》、《毛诗表》等。邓显鹤最早发现并推崇王船山的学术思想，率先组织大规模刊印《船山遗书》。且将船山提到『当与顾亭林、黄藜洲、李二曲诸先生相颉颃』的崇高地位，使他在清末享有灼灼大名。其奖掖后学不遗余力，著名三湘三杰魏源、邹汉勋、何绍基皆蒙受教诲。邓显鹤一生献身于文献出版工作，于其故居『南村草堂』共刊刻出版各种学术、文献书刊 1000 余卷。

陶澍

有清一代范臣，能安民消患、兴学擢才，依旧江淮思大吏；
入世半生诗杰，拢经纬贤流、栋梁名宦，常凭胸臆赋宣南。

［陶澍］（1779—1839），字子霖，号云汀，湖南安化人。嘉庆七年进士，历安徽巡抚、两江总督、太子少保等职，道光十九年（1839年）六月卒，谥『文毅』。任内整顿淮盐积弊，治理水患，倡办海运，兴办教育，多有政绩。其诗赋、书画颇有造诣。嘉庆七年与同科进士朱珔、顾莼、吴椿、夏修恕、洪介亭等人成立『消寒诗社』，后改名为宣南诗社。成员中有林则徐、魏源、龚自珍、梁章钜等名流。著有《印心石屋文集》、《奏议》、《陶桓公年谱》、《陶渊明集辑注》等。

魏源

师夷长以制夷，叹救国匡时，纷乱晚清明睿目；
睹法废而兴法，施惠民革政，启蒙昧世有良图。

[魏源](1794—1857)，原名远达，字默深，汉族，湖南邵阳人。中国近代启蒙思想家、政治家、文学家。近代中国『睁眼看世界』的首批知识分子的优秀代表。崇尚民主制度，希望通过改革变法，『师夷之长技以制夷』，若干年后『风气日开，智慧日出，方见东海之民，犹西海之民』。著有《书古微》、《诗古微》、《老子本义》、《元史新编》和《海国图志》等。

何绍基

斗笔启书风一代，超逸厚醇，颜魏化来新面目；

宏章与物性同流，追真求朴，鲁湘解惑大声名。

［何绍基］（1799—1873），清书法家。湖南道州（今道县）人。字子贞，号东洲，晚号蝯叟。道光十六年（1836）进士，官编修。工经术词章，尤精《说文》考订之学，旁及金石碑版文字。书法自成一家，草书尤为一代之冠。晚年以篆、隶法写兰竹石，寥寥数笔，金石书卷之气盎然。偶作山水，不屑摹仿形似，随意挥毫，取境荒寒，得石涛晚年神髓。画必长题，题多佳句，唯不轻作，兴至为之，辄自毁去，故流传者少。其曾于山东、湖南书院教授十余年，弟子满天下。著有《惜道味斋经说》、《说文段注驳正》、《东洲草堂诗钞》、《东洲草堂文钞》等。

丁取忠

穷算学一生，引领专科名大噪；
耽古书千卷，清贫到老志犹刚。

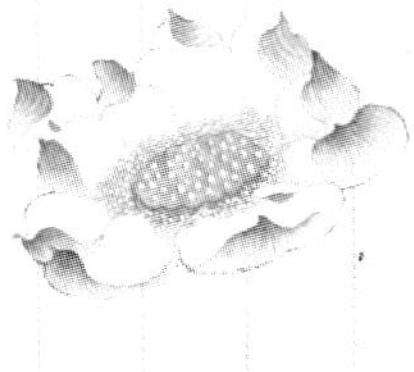

［丁取忠］（1810—1877），清长沙县高塘岭北湖塘（今属望城县）人。字肃存，号果臣，一号云梧。近代数学家。时人评称：『裒然成艺圃之巨观，风行海内，遂为畴人家必读之本，顾功不甚伟欤！』著有《白芙堂算学丛书》。

踏莎行

曾国藩

一生补尽江山，纵万马湘军，未尝霸气逼清主；

四壁洞明学问，留半湖水色，偶寄闲心惜合肥。

注：李鸿章，合肥人。

［曾国藩］（1811—1872），初名子城，字伯涵，号涤生，谥『文正』，汉族，湖南湘乡人。晚清重臣，湘军的创立者和统帅者。清朝军事家、理学家、政治家、书法家，文学家，晚清散文『湘乡派』创立人。官至两江总督、直隶总督、武英殿大学士，封一等毅勇侯。

左宗棠

岳麓降雄才，解苍生于水火，平乱靖疆，撑起晚清半壁；
汗青崇巨子，泣天下而患忧，孤忠独醒，空留霸气一怀。

［左宗棠］（1812—1885），湖南湘阴人，汉族，字季高，号湘上农人。晚清重臣，军事家、政治家、著名湘军将领。一生经历了湘军平定太平天国运动、洋务运动、镇压陕甘回民起义和平定新疆危机等重要历史事件。自幼聪颖，14岁考童子试中第一名，曾写下『身无半文，心忧天下；手释万卷，神交古人』的对联以铭心志。

王闿运

经史卓为巨擘，以厚学训公羊，数百年来无二至；
诗文雄视骚林，发新辞于汉魏，万千境老不孤传。

［王闿运］（1833—1916），晚清经学家、文学家。字壬秋，又字壬父，号湘绮，世称湘绮先生。咸丰举人，曾任肃顺家庭教师，后入曾国藩幕府，先后主讲成都尊经书院、长沙思贤讲舍、衡州船山书院、南昌高等学堂等。授翰林院检讨，加侍讲衔。辛亥革命后任清史馆馆长。王闿运为学主治《春秋公羊传》，堪为一代经学大师。又精于史学，其所撰《湘军志》『文笔高朗，为我国近千年来杂史中第一声色文学』。王闿运还是一代诗文大家，五言长诗宗魏晋，七言长诗及近体诗兼宗盛唐，其法尽古人之美，熔铸而出之，自成一家风格。民初汪国垣作《光宣诗坛总录》列他为诗坛头领，冠于一代诗人之首。著有《湘绮楼诗文集》等。

谭嗣同

肝胆峙昆仑，洒碧血千秋，图存变法；
侠豪威宇内，弃未来一己，唤醒愚民。

[谭嗣同]（1865—1898），字复生，号壮飞，又号华相众生、东海褰冥氏、廖天一阁主等。湖南浏阳人，清末巡抚谭继洵之子，善文章，好任侠，长于剑术。著名维新派人物。1898年参加戊戌变法，1898年9月28日在北京宣武门外的菜市口刑场英勇就义。同时被害的维新人士还有林旭、杨深秀、刘光第、杨锐、康广仁。六人并称『戊戌六君子』。代表著作《仁学》，后人将其著作编为《谭嗣同全集》。

鵲橋僊
庚寅年

蔡畅

为妇运而诞，革命从终，瘁力无留一百载；
以国邦为家，劬劳无怨，懿名何止几千秋。

［蔡畅］（1900—1990），中国近现代妇女运动领导人之一，原名咸熙，湖南湘乡（今双峰县）人。中华人民共和国建立后，历任中华人民共和国中央人民政府委员，中共中央妇女运动委员会书记，全国妇联第一～三届主席、第四届名誉主席，全国人大第一～三届常务委员，第四、五届常委会副委员长，中共第七至十一届中央委员等职。

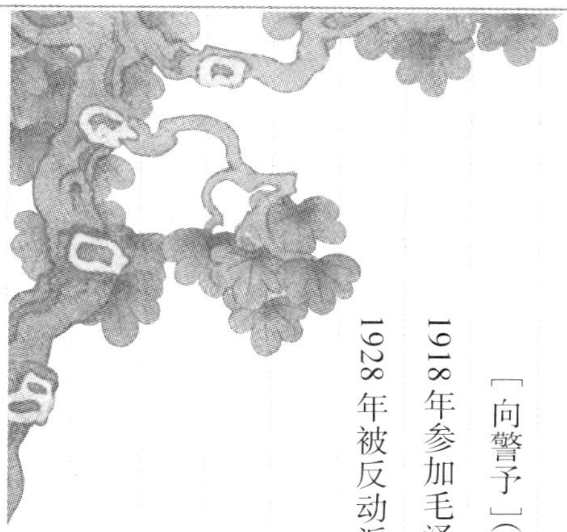

向警予

为妇运奔呼，抱节抛颅，千古英魂犹在目；
仰向蔡盟誓，以身许国，卅秋岁月并长天。

［向警予］（1895—1928），原名向俊贤，土家族，湖南溆浦人。中国近现代妇女运动的先驱和领袖。1918年参加毛泽东、蔡和森领导的『新民学会』，是中国共产党的第一位女中央委员和第一任妇女部长。1928年被反动派残酷杀害，年仅33岁。

联咏毛泽东

掌收四海风云，曾引领井冈星火，大地燎原，廿余载挥师浴血，肃匪逐倭，终使神州成一统；

肩越千秋帝子，独浸淫虞舜箫韶，饱才赍志，数百篇宏构超思，回肠荡气，长教先圣愧低眉。

［毛泽东］（1893.12.26—1976.9.9），字润之，生于湖南湘潭韶山冲一个农民家庭。1976年9月9日在北京逝世。中国人民的领袖，马克思主义者，伟大的无产阶级革命家、战略家、理论家、政治家，中国共产党、中国人民解放军和中华人民共和国的主要缔造者和领导人，诗人，书法家。

联咏王震将军

卓荦一朝飞将，统百旅雄师，反围化剿、靖土垦荒，勋业讵输唐郭李；
精忠九牧柱臣，凭一身赤胆，肃纪治军、辅邦佐政，劳心莫论汉萧曹。

注：郭李：唐郭子仪、李光弼的并称。明张煌言《寄纪侍御束文》诗之一：『赤松游在安刘后，郭李功名史并传。』

萧曹：指汉功臣萧何、曹参。

［王震］（1908—1993），生于湖南浏阳。抗日战争时期，任八路军359旅旅长兼政委。1949年王震率部挺进新疆，后任中共中央新疆分局书记、新疆军区代司令员兼政委。1955年，被授予上将军衔，同年任解放军副总参谋长。1975年后，任国务院副总理，1982年4月任中央党校校长，1988年当选为中华人民共和国副主席。

彭德怀

谁敢立马横刀，逐倭反剿、抗美援朝，百战功勋垂宇宙；
与生朴廉刚介，请命直言、顾全忍辱，一身肝胆照春秋。

［彭德怀］（1898—1974），原名得华，号石穿，湖南省湘潭县人，中国无产阶级革命家、军事家、政治家，中华人民共和国十大元帅之一。

李贞

卓然巾帼将军，几十年戎马生涯，与须眉共酣战；

真乃湖湘骄子，百万里山河过眼，犹简朴以抚孤。

［李贞］（1907—1990），湖南省浏阳人。1927年加入中国共产党。1955年被授予少将军衔。中华人民共和国第一位女将军。

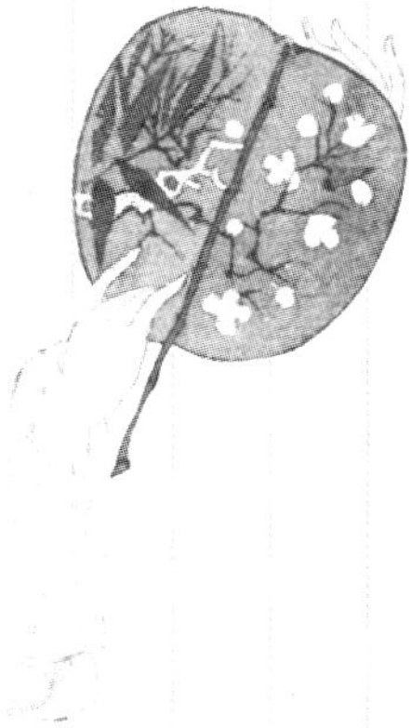

毛岸英

苍海祭英魂，卅日弹林枪雨，未展雄图化碧血；
神州失爱子，千秋绿水青山，自同明月放清辉。

［毛岸英］（1922—1950），本名远仁，字岸英，初名永福，湖南湘潭人，是毛泽东与其妻子杨开慧的长子，在抗美援朝战争中牺牲。安葬于朝鲜平安南道桧仓郡的中国人民志愿军烈士陵园。

齐白石

毫法并天高，世间虫草留神驻；
刀工同地迥，胸内朴拙臻化来。

［齐白石］（1864—1957），湖南湘潭人，20世纪十大画家之一，世界文化名人。宗族派名纯芝，小名阿芝，名璜，字渭清，号兰亭、濒生，别号白石山人，遂以齐白石名行世。有齐大、木人、木居士、红豆生、星塘老屋后人、借山翁、借山吟馆主者、寄园、萍翁、寄萍堂主人、龙山社长、三百石印富翁、百树梨花主人等大量笔名与自号。

沈从文

以边城海内蜚声，宏著等身真巨匠；
领乡土文坛大纛，朴风谐世再何人。

［沈从文］（1902—1988），原名岳焕，笔名休芸芸、甲辰、上官碧、璇若等，乳名茂林，字崇文，湖南凤凰县人，苗族。现代著名作家、历史文物研究家。

联赠金石名家李立先生

生而为金石，化来秦汉古风，齐公门外绝余响；

法自有方圆，坦尽谦和高格，岳麓山前逸大容。

〔李立〕1925年生，湖南湘潭县小花石（今属株洲）人。字石庵，号立翁。早先毕业于华中美术学校，后入杭州国立艺专深造，师从齐白石、潘天寿等大师。中国西泠印社社员、湖南文史研究馆馆员。享有『国宝级大师』、『一代名刀』的美誉，金石篆刻既有白石篆刻艺术雄健豪迈的遗风，又另辟蹊径，具有古朴刚劲之神韵，在中国当今艺坛上独树一帜。

黄永玉

以鬼才而驰画坛，墨法刀功，万里川河揉率性；
秉稚趣长恋梅溪，文真境老，一轩风雨识荷痴。

［黄永玉］1924年7月9日出生在湖南省凤凰县城沱江镇。土家族人。笔名黄杏槟、黄牛、牛夫子。12岁就外出谋生，流转安徽、福建、上海、台湾和香港诸地。14岁开始发表作品，后主攻版画，其独具风格的版画作品饮誉国内外。16岁始以绘画及木刻谋生。性率真，耽于荷花，有『荷痴』之称，其墨荷为一绝。以鬼才誉满画坛。中央美术学院教授、中国美术家协会副主席。版画《雷锋》、中国第一张生肖猴票设计者。

蔡光先

光扬医术无间，济世悬壶行大德；
先祖典籍妙悟，卓才宏识起隆名。

注：间：通『闲』，安闲之意。平声。

［蔡光先］男，汉族，1951年6月出生，湖南省益阳人。现任湖南省中医药研究院院长、湖南中医药大学党委书记兼学术委员会主任委员，研究员、教授、博士生导师，湖南省名中医。世界中医药学会联合会标准化建设委员会会长、湖南省中医药学会副会长。在近40年的医教研工作中，主持国家级课题7项，省部级课题17项；获国家科技进步二等奖1项，省部级科技进步奖15项（一等奖2项、二等奖6项）；其研制的中药超微饮片是一项重大创新，被誉为『打破了千年药罐』；获国家发明专利10项，出版专著12部，发表论文87篇，培养博士、博士后22名。先后获国家有突出贡献的优秀中青年科技专家、国务院政府特殊津贴、湖南省光召科技奖、湖南省科技领军人才等荣誉。

江景星

景行饮誉三湘，一身儒气搏商海；
星汉清辉四序，两袖廉风入雅怀。

［江景星］1951年4月出生，湖南浏阳人，本科学历，教授级高级经济师，湖南省第十届政协常委。中国石油化工股份有限公司湖南石油分公司总经理。历经两次老山战役的洗礼，二十年军旅生涯丰富精彩。

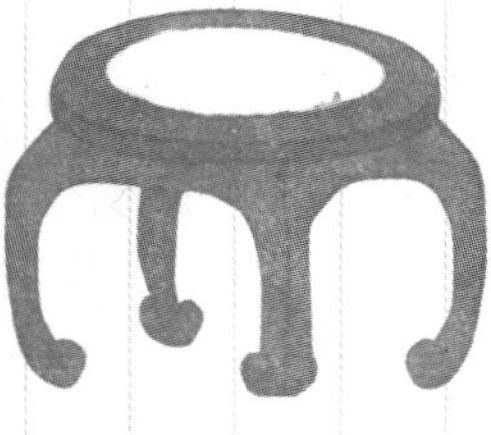

唐浩明

浩海稳行舟，只笔湖湘传厚学；
明心清近俗，一轩兰菊逸高风。

［唐浩明］1946年出生，又有姓名邓云生，湖南省作协主席，享受国务院特殊津贴专家；其著作《曾国藩》、《张之洞》先后两次获姚雪垠长篇历史小说奖。

玉树傲临风

——联咏才子篇

题才子篇

百朝才子竞风流，一咏一觞徒自羞。
掩卷常思人杰远，风章何让帝王丘。

夜猶香

才子赋

中邦历史，灿烂辉煌，艺坛翘楚，卷帙流芳。几千年文化厚积，数百代才子风流。一山一水，一草一花，歌之以志，动之以情。酣吟名篇，如醍醐以灌顶；浸沉妙思，与古往而神游。闲来检点俊才，或圣、或仙，或隐、或显，或忧国忧民、或壮志雄怀，莫不风骚一时，播传千秋。艺苑因之而绚丽，人生因之而丰腴。

自诗骚滥觞，卓然屈子。发天地之宏响，担社稷之安危。襟抱高洁，心系庶黎。虽良图空败于奸佞，终皓月大焕以光辉。继而宋玉之辈，各其灿若星辰。诗到魏晋，三曹领袖。曹公振臂，雄见风骨。读《洛神》则常思子建；闻琴曲而尤悲《广陵》。啸傲阮台，叹步兵之青眼；杜康醇厚，醉刘伶之牢愁。竹林七贤，岂止风流？论寄情于山水，非陶谢而莫属。崇元亮之斗米，耽谢客之烟霞。桃柳之趣，山泽之游，非怠于尘世，乃冷于功名也。

六朝以来，绮风靡弱。初唐变革，四杰先驱。望子安之长天孤鹜，赏盈川之妙思悬河；发卢子之长安古意，酣临海之讨武檄文。而下则群星璀璨，以仙圣而领军。太白横空，前无古人，后无来者；杜陵傲世，老辣境远，邦民情深。边塞高岑，慨雄浑成一派；诗家天子，抱冰壶而千秋。司马青衫，凉州玉笛；郊寒岛瘦，霜叶无题。虎踞三唐之峰顶，龙吟九牧之文渊。

两宋才子，独发异响。倚声换韵，纷呈斑斓。东坡以仙才擘豪放之大纛；清真秉词冠领婉约之正声。奉旨三变，慢词传唱于妇孺；捷思八叉，绝调妙精于花间。醉翁雄博，天下为师；半山瘦硬，禹中称奇。文正乐忧，人世之楷模；稼轩悲壮，词坛之雄豪。睹沈园之鸿影，怜放翁之肝肠；续屈宋之才调，化淮海之神奇。尚有同叔、白石，二晏、山谷之流，至今犹传口碑，一唱三叹。

元明有清数朝，松雪独霸世才。诗书超逸，金石响鸣。吴门四子，六如声著。船山推气理而显名，五车学富；琴圃著《红楼》以戒世，万古情伤。吴氏《西游》，罗子《三国》，书卷教化，街巷风靡。

吟来多少俊秀，不尽历史长河。

时余拙笔，忝为赋语。泱泱大国，亘古多才。得美文一章，近才子一识，则平生足娱。复何求哉？

屈原

千秋一介孤臣，叹良图美政、忧国爱民，皆付与江天愤嫉；
九牧独斯只笔，慨汨水楚风、美人香草，终皓同日月光辉。

［屈原］（约前340—约前278），名平，芈姓屈氏。又自云名正则，字灵均，汉族，战国末期楚国丹阳（今湖北秭归）人，楚武王熊通之子屈瑕的后代。屈原虽忠事楚怀王，但屡遭排挤，怀王死后又因顷襄王听信谗言而被流放，最终投汨罗江而死。屈原是中国最伟大的浪漫主义诗人之一，也是我国已知最早的著名诗人，世界文化名人。他创立了『楚辞』这种文体，也开创了『香草美人』的传统。代表作品有《离骚》、《九歌》等。

曹植

诗领建安、文垂典范，更教谢客推八斗；

豆泣胞兄、酒伤帝储，空有洛神思一曹。

［曹植］（192—232），字子建，沛国谯（今安徽省亳州市）人。三国时期曹魏诗人、文学家，『建安文学』的代表人物。他是魏武帝曹操之子、魏文帝曹丕之弟，生前曾封陈王，去世后谥号『思』，因此又称陈思王。后人因他文学上的造诣而将他与曹操、曹丕合称为『三曹』，南朝宋文学家谢灵运有『天下才有一石，曹子建独占八斗』之评价。

阮籍

开陶左组诗先河，兴寄百章笼万有；
携酒琴临风啸世，白青一眼见孤怀。

〔阮籍〕（210—263），三国魏诗人。字嗣宗，陈留尉氏（今属河南）人。是『建安七子』之一阮瑀的儿子。曾任步兵校尉，世称阮步兵。崇奉老庄之学，政治上则采谨慎避祸的态度。与嵇康、刘伶等七人为友，常集于竹林之下肆意酣畅，世称『竹林七贤』。阮籍是『正始之音』的代表，其中以《咏怀》八十二首最为著名。阮籍透过比兴、象征、寄托等不同的写作技法，借古讽今，寄寓情怀，形成了一种『悲愤哀怨，隐晦曲折』的诗风。后人给予『忧时悯乱，兴寄无端，而骏放之致，沉挚之词，诚足以睥睨八荒，牢笼万有』的极高评价，并称他开后代左思《咏史》组诗、陶渊明《饮酒》组诗的先河。

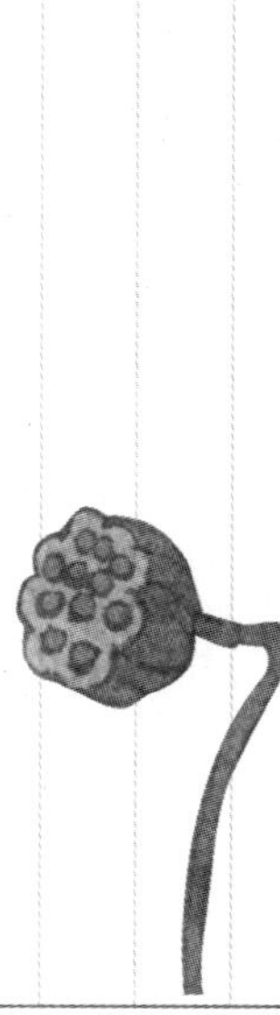

嵇康

仪容立世标，慨奇才凤语、傲骨铁声，皆与广陵成绝响；
魏晋真风度，领琴赋中和、丹青神韵，惜随忧愤漫稽山。

〔嵇康〕（224—263），字叔夜，谯国铚县（现安徽宿州境内）人。三国时魏末文学家、思想家与音乐家，魏晋玄学的代表人物之一，善音律。创作有《长清》、《短清》、《长侧》、《短侧》，合称「嵇氏四弄」，与东汉的「蔡氏五弄」合称「九弄」。隋炀帝曾把「九弄」作为科举取士的考查内容之一。其留下的「广陵绝响」的典故被后世传为佳话，《广陵散》更是成为我国十大古琴曲之一。他的《声无哀乐论》、《与山巨源绝交书》、《琴赋》、《养生论》等作品亦是千秋相传的名篇。嵇康墓又称嵇中散墓，位于安徽省涡阳县石弓镇嵇山南麓（原属濉溪之临涣）。其墓依山凿石而建，巨石封门，上覆山土，墓在山腹中，外表与山一体。现墓洞已被发现，但墓内被盗一空，只存空墓。

王羲之

得右军一体则行书界，问今古何人，两忘物我怡天趣；
纵摹本千秋而播尘寰，叹神髓如此，空使龙蛇怅帝陵。

［王羲之］东晋书法家，字逸少，号澹斋，汉族。祖籍琅琊临沂（今属山东），后迁会稽（今浙江绍兴），晚年隐居剡县金庭，有『书圣』之称。历任秘书郎、宁远将军、江州刺史、会稽内史、右军将军等职，人称『王右军』、『王会稽』。其子王献之书法亦佳，世人合称为『二王』。东晋升平五年卒，葬于金庭瀑布山（又称紫藤山）。

憶王孫
庚寅 雲波

陶渊明

徒苍生大济，伤来世道混沌，腰铁何曾折斗米；
置闲舍清娱，且作琴诗啸咏，酒樽无忌对黄花。

［陶渊明］（约365—427），字元亮，号五柳先生，私谥靖节先生，入刘宋后改名潜。东晋末期南朝宋初期诗人、文学家、辞赋家、散文家。东晋浔阳柴桑（今江西省九江市）人。曾做过几年小官，后辞官回家，从此隐居。田园生活是陶渊明诗的主要题材，相关作品有《饮酒》、《归园田居》、《桃花源记》、《五柳先生传》、《归去来兮辞》、《桃花源诗》等。

谢灵运

山水卓然师祖，自一斗疏狂，烟霞万里追名迹；
元嘉黯尽星辉，怜半生舛背，逸隐千秋失大才。

［谢灵运］（385—433），汉族，浙江会稽人，原为陈郡谢氏士族。东晋名将谢玄之孙，小名『客儿』，人称谢客。又以袭封康乐公，称谢康公、谢康乐。著名山水诗人，主要创作活动在刘宋时代。中国文学史上山水诗派的开创者。曾外任永嘉太守、临川内史等职。好营园林，游山水，制作出一种『上山则去前齿，下山去其后齿』的木屐，后人称之为『谢公屐』。与族弟谢惠连、东海何长瑜、颍川荀雍、泰山羊璿之，以文章赏会，共为山泽之游，时人谓之『四友』。后因罪徙广州，元嘉十年，以谋反罪名被杀。

骆宾王

一檄名扬天下，十余载宦迹飘摇，秉性依然真志士；
万言才动武周，百数章边诗雄阔，寺门犹自咏江潮。

［骆宾王］（约638—？），婺州义乌人（今浙江义乌）人。唐初诗人，与王勃、杨炯、卢照邻合称『初唐四杰』，又与富嘉谟并称『富骆』。唐龙朔初年，骆宾王担任道王李元庆的属官。后来相继担任武功主簿和明堂主簿。唐高宗仪凤四年（679年），任侍御史官职。曾经被人诬陷入狱，被赦免后出任地方官临海县丞，所以后人也称他『骆临海』。武则天光宅元年（684年），徐敬业起兵讨伐武则天，骆宾王起草了著名的《讨武氏檄》而名闻天下。

卢照邻

一生悲病舛途，颍水徒伤才杰笔；
满卷清歌古韵，禹州何觅拔疏诗。

〔卢照邻〕（约630—680后），字昇之，自号幽忧子，汉族，幽州范阳（治今河北省涿州市）人。其与王勃、杨炯、骆宾王以文词齐名，世称『王杨卢骆』，号为『初唐四杰』。卢照邻擅长诗歌骈文，以歌行体为佳，意境清迥。明代胡震亨赞之『领韵疏拔，时有一往任笔，不拘整对之意』（《唐音癸签》）。卢照邻一生官场失意，病痛折磨，自投颍水而死。葬于禹州市无梁镇龙门村尚家村的河溪西岸。有《卢昇之集》和《幽忧子集》各七卷。

王勃

奇子冠初唐，且吟来落霞孤鹜、一色长天，杰阁凭添新气象；
高风除绮语，谁解得耿性幽怀、满身傲骨，清波犹咽少年华。

［王勃］（649或650—676），唐代诗人。汉族，字子安。绛州龙门（今山西河津）人。王勃与于龙以诗文齐名，并称『王于』，亦称『初唐二杰』。王勃也与杨炯、卢照邻、骆宾王齐名，齐称『初唐四杰』，其中王勃是『初唐四杰』之冠。王勃的文学主张崇尚实用。当时文坛盛行以上官仪为代表的诗风，『争构纤微，竞为雕刻』，『骨气都尽，刚健不闻』。王勃『思革其弊，用光志业』（杨炯《王子安集序》）。他创作『壮而不虚，刚而能润，雕而不碎，按而弥坚』的诗文，对转变风气起了很大作用。上元三年（676年），由广州渡海赴交趾，不幸溺水而卒。

杨炯

以严酷称于吏治，愧卢耻王，文思悬河雄激越；
摒浮华显露诗坛，边声塞角，健刚如铁涤齐梁。

［杨炯］（650—？），汉族，弘农华阴（今属陕西）人。『初唐四杰』之一。唐高宗显庆六年（661年），年仅11岁的杨炯被举为神童，上元三年（676年）应制举及第，授校书郎。后又任崇文馆学士，迁詹事、司直。武后垂拱元年（685年），降官为梓州司法参军。如意元年（692年）秋后改任盈川县令，吏治以严酷著称，死于任所。因此后人称他为『杨盈川』。尝自称『耻在王后，愧在卢前』，主张『骨气』、『刚健』的文风。他的诗也如『四杰』其他诗一样，在内容和艺术风格上以突破齐梁『宫体』诗风为特色，在诗歌的发展史上起到了承前启后的作用。他的诗篇不多，所写《从军行》等几首边塞诗，均表现出了雄健风格，很有气魄。

王之涣

令名与星月同辉，一曲凉州知妇孺；
微官能清公而著，六章遗玉足传流。

［王之涣］（688—742），是盛唐时期的诗人，字季凌，汉族，并州（山西太原）人。祖籍晋阳（今山西太原），其高祖迁今山西绛县。豪放不羁，常击剑悲歌，其诗多被当时乐工制曲歌唱。名动一时，常与高适、王昌龄等相唱和，以善于描写边塞风光而显。曾补文安郡文安县尉，以职风清白、理民公平著称。代表作有《登鹳雀楼》、《凉州词》等。

孟浩然

以隐居终老，情纵田园，吴越犹回云梦气；
独介直平生，笔倾太学，林溪何觅鹿门歌。

［孟浩然］（689—740），唐代诗人。襄州襄阳（今湖北襄阳）人，世称孟襄阳。前半生主要居家侍亲读书，以诗自适。曾隐居鹿门山。40岁游京师，应进士不第，返襄阳。在长安时，与张九龄、王维交谊甚笃。有诗名。后漫游吴越，穷极山水，以排遣仕途的失意。因纵情宴饮，食鲜疾发而亡。孟浩然诗歌绝大部分为五言短篇，题材不宽，多写山水田园和隐逸、行旅等内容。他和王维并称，其诗虽不如王诗境界广阔，但在艺术上有独特造诣，继陶渊明、谢灵运、谢朓之后，开盛唐田园山水诗派之先声。孟诗不事雕饰，清淡简朴，感受亲切真实，生活气息浓厚，富有超妙自得之趣。如《秋登万山寄张五》、《过故人庄》、《春晓》等篇，淡而有味，浑然一体，韵致飘逸，意境清旷。孟诗以清旷冲澹为基调，但冲澹中有壮逸之气，如《望洞庭湖赠张丞相》『气蒸云梦泽，波撼岳阳城』一联，精力浑健，俯视一切。

王昌龄

名齐天子、境发雄浑，七绝至今犹压卷；
情结襄阳、诗倾太白，一楼胜迹付冰心。

［王昌龄］（698—756），字少伯，汉族。盛唐著名边塞诗人。早年贫贱，困于农耕，年近不惑，始中进士。初任秘书省校书郎，又中博学宏辞，授汜水尉，因事贬岭南。开元末返长安，改授江宁丞。被谤谪龙标尉。安史乱起，为刺史闾丘晓所杀。其诗以七绝见长，尤以登第之前赴西北边塞所作边塞诗最著。后人誉为『七绝圣手』。他的边塞诗气势雄浑，格调高昂，充满了积极向上的精神，世称『王龙标』，有『诗家天子王江宁』之称。其《出塞》一诗被推为唐人七绝的压卷之作，《芙蓉楼送辛渐》则千古名传。有《王昌龄集》。

高适

以七古领军，收来大漠孤烟，边城吟尽雄沉语；

秉衷肠爱国，期有恤民仁政，襟抱坦为慷慨诗。

〔高适〕（700—765），汉族。唐代边塞诗人。字达夫、仲武，沧州（今河北省景县）人，居住在宋中（今河南商丘一带）。少孤贫，爱交游，有游侠之风，并以建功立业自期。曾任淮南节度使、彭州刺史、蜀州刺史、剑南节度使等职，封渤海县侯。世称『高常侍』。有《高常侍集》等传世。永泰元年（765年）卒，终年65岁，赠礼部尚书，谥号『忠』。高适为唐代著名的边塞诗人，与岑参并称『高岑』。笔力雄健，气势奔放，洋溢着盛唐时期所特有的奋发进取、蓬勃向上的时代精神。

王维

开田园一派，境到空禅，独引谢陶贪胜景；
悟云石诸神，画生烟雨，自领山水发清音。

［王维］（701—761），字摩诘，汉族，祖籍山西祁县，唐朝诗人，外号『诗佛』。晚年居于蓝田辋川别墅。他是唐代山水田园诗派的代表，并以清新淡远、自然脱俗的风格，创造出一种『诗中有画，画中有诗』、『诗中有禅』的意境。王维不但有卓越的文学才能，而且是出色的画家，还擅长音乐。深湛的艺术修养，对于自然的爱好和长期山林生活的经历，使他对自然美具有敏锐独特而细致入微的感受，因而他笔下的山水景物特别富有神韵，常常是略事渲染，便表现出深长悠远的意境，耐人玩味。

李白

是人乎仙乎？敢垂三千丈白发、九万里翔鹏，江月一轮终属尔；
乃情也气也，竟教高力士脱靴、杨贵妃捧砚，市朝百盏且轻侯。

［李白］（701—762），字太白，号青莲居士，又号『谪仙人』。唐朝诗人，有『诗仙』、『诗侠』之称。祖籍陇西郡成纪县（今甘肃省平凉市静宁县南），出生于蜀郡绵州昌隆县（今四川省江油市青莲乡），另有说法称出生于西域碎叶（今吉尔吉斯斯坦托克马克）。有《李太白集》传世。

醉芭蕉
庚寅

杜甫

与国邦同呼吸，怜民忠君，热肠铸就唐诗史；领法度以谨严，风醇境老，椽笔宏开日光辉。

［杜甫］（712—770），汉族，河南巩县（今巩义市）人。字子美，自号少陵野老，盛唐大诗人，世称『诗圣』。代表作『三吏』（《新安吏》《石壕吏》、《潼关吏》）、『三别』（《新婚别》、《垂老别》、《无家别》）。初唐诗人杜审言之孙。唐肃宗时，官左拾遗。后入蜀，友人严武推荐他做剑南节度使幕下参谋，加检校工部员外郎。故后世又称他杜拾遗、杜工部。

韩愈

文起八代之衰，守道去陈，自践不平鸣世物；
韵开三唐以险，辟蹊树帜，尤教师说播昌黎。

［韩愈］（768—824），字退之，汉族，唐河内河阳（今河南孟县）人。自谓郡望昌黎，世称韩昌黎。唐代古文运动的倡导者。宋代苏轼称他『文起八代之衰』，明人推他为唐宋八大家之首，与柳宗元并称『韩柳』。有『文章巨公』和『百代文宗』之名，与柳宗元、欧阳修、王安石、苏轼、苏辙、苏洵、曾巩合称为『唐宋八大家』。著有《韩昌黎集》四十卷等。

白居易

济天下、善其身，宦海浮沉司马泪；
寄自然、托讽喻，李唐日月白文公。

［白居易］（772—846），汉族，字乐天，晚年又号香山居士，河南新郑（今郑州新郑）人。我国唐代伟大的现实主义诗人。其诗歌题材广泛，形式多样，语言平易通俗，有『诗魔』和『诗王』之称。官至太子少傅、刑部尚书。代表诗作有《长恨歌》、《卖炭翁》、《琵琶行》等。著有《白氏长庆集》。

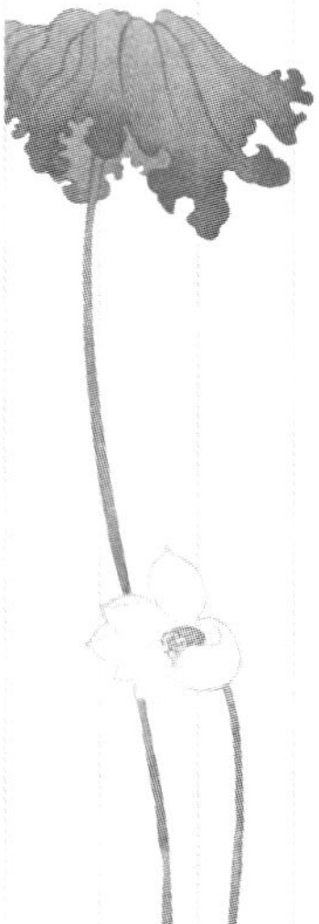

贾岛

僧俗自孤怀，一生苦咏诗为侣；
推敲终大运，四海传流韩作媒。

［贾岛］（779—843），唐代诗人。汉族，字浪（阆）仙，唐朝河北道幽州范阳县（今河北省涿州市）人。早年出家为僧，号无本，自号『碣石山人』。曾因骑驴苦吟『推敲』而冲撞并结识受教于韩愈，由此声名大振。还俗后做过长江主簿，故被称为『贾长江』。唐武宗会昌年初由普州司仓参军改任司户，未任而病逝。其诗精于雕琢，喜写荒凉、枯寂之境，多凄苦情味，自谓『两句三年得，一吟双泪流』。贾岛人称『诗囚』，一生不喜与常人往来，《唐才子传》称他『所交悉尘外之士』。有《长江集》、《诗格》等传世。

李贺

一代奇才、中唐巨子，长恨薄命遭天妒；
诗惊鬼府、神化瑶池，别有愤声碾月来。

［李贺］（790—816），字长吉，汉族，河南福昌人。唐代著名诗人，与李白、李商隐三人并称唐代『三李』。一生愁苦多病，仅做过3年从九品微官奉礼郎，因病27岁卒。李贺是中唐浪漫主义诗人的代表，又是中唐到晚唐诗风转变期的重要人物。李贺诗受楚辞、古乐府、齐梁宫体、李杜、韩愈等多方面影响，经自己熔铸、苦吟，形成非常独特的风格。其造语奇隽，凝练峭拔，色彩浓丽。杜牧赞之为『骚之苗裔』。王夫之《唐诗评选》说：『长吉于讽刺，直以声情动今古……真与供奉（李白）为敌。』毛先舒《诗辨坻》说：『大历以后，解乐府遗法者，惟李贺一人。设色浓妙，而词旨多寓篇外。刻于撰语，浑于用意。』

李商隐

伤于牛李党争，一世幕僚终郁志；
焕似星辰辉泄，三唐巨笔几无题。

[李商隐]（约812或813—约858），汉族，字义山，号玉溪生、樊南生，晚唐著名诗人。生于河南荥阳（今郑州荥阳）。于唐文宗开成三年（837年）进士及第。曾任弘农尉、东川节度使判官等职。后因纳李党的王茂元女，而遭到牛党的排斥。一生辗转于各藩镇幕僚，郁郁而终。其是晚唐最著名的诗人之一，与杜牧齐名，并称『小李杜』；与李贺、李白合称三李；与温庭筠合称为『温李』，因诗文与同时期的段成式、温庭筠风格相近，且三人都在家族里排行第十六，故并称为『三十六体』。其诗构思新奇，风格浓丽，尤其是一些爱情诗写得缠绵悱恻，为人传诵。但过于隐晦迷离，难于索解，至有『诗家总爱西昆好，独恨无人作郑笺』之说。有《李义山诗集》。

柳永

问古来词手几许白衣，功名歇处倾天赋；
且醉去烟花聊填新调，檀板歌时尽柳腔。

［柳永］（约987—约1053），字耆卿，汉族，崇安（今福建武夷山）人。北宋词人，婉约派最具代表性的人物之一，代表作《雨霖铃》。原名三变，字景庄。排行第七，又称柳七。宋仁宗朝进士，官至屯田员外郎，故世称柳屯田。常自称『奉旨填词柳三变』，并以『白衣卿相』自许。柳永由于仕途坎坷、生活潦倒，其由追求功名转而厌倦官场，沉溺于旖旎繁华的都市生活，在『倚红偎翠』、『浅斟低唱』中寻找寄托。作为北宋第一个专心作词的词人，柳永是北宋一大词家，在词史上有重要地位。其拓展了词境与题材，且写作了大量的慢词，发展了铺叙手法，促进了词的通俗化、口语化，在词史上产生了较大的影响。

晏　殊

开兴学先河，一门弟子皆鸿儒；

擎倚声大纛，万阕清和尽雅词。

［晏殊］（991—1055），字同叔，是北宋抚州临川文港乡人。14岁时就因才华横溢而被朝廷赐为进士。著名词人。庆历三年，与枢密副使范仲淹一起，倡导州、县立学和改革教学内容，官学设教授，史称『庆历兴学』。其性刚简，自奉清俭，能荐拔人才。范仲淹、孔道辅、王安石等均出自其门下。晏殊在文学上有多方面的成就和贡献，能诗、善词，文章典丽，四六、书法皆工，而以词最为著名。有『宰相词人』之称。其作品语言清丽，声调和谐，吸收了南唐『花间派』和冯延巳的典雅流丽词风，开创北宋婉约词风，被称为『北宋倚声家之初祖』。写景重其精神，赋与自然物以生命，形成了自己的特色。其《浣溪沙》『无可奈何花落去，似曾相识燕归来』、《鹊踏枝》『昨夜西风凋碧树。独上高楼，望尽天涯路』等皆千古流传。

欧阳修

致力于政文变革，除弊强邦，流风百代师尊者；

毕生以著述富繁，鉴史善书，自古一亭思醉翁。

〔欧阳修〕（1007—1073），字永叔，号醉翁，又号六一居士。汉族，吉安永丰（今属江西）人，自称庐陵（今永丰县沙溪）人。谥号『文忠』，世称欧阳文忠公。北宋卓越的文学家、史学家。与韩愈、柳宗元、宋王安石、苏洵、苏轼、苏辙、曾巩合称『唐宋八大家』。仁宗时，累擢知制诰、翰林学士；英宗时，官至枢密副使、参知政事；神宗朝，迁兵部尚书，以太子少师致仕。其于政治和文学方面都主张革新，既是范仲淹『庆历新政』的支持者，也是北宋诗文革新运动的领导者。又喜奖掖后进，苏轼兄弟及曾巩、王安石皆出其门下。创作实绩亦灿烂可观，诗、词、散文均为一时之冠。散文说理畅达，抒情委婉；诗风与散文近似，重气势而能流畅自然；其词深婉清丽，承袭南唐余风。欧阳修死后葬于开封新郑（今河南新郑）。

王安石

万言图变法，惜弱怜贫，新政倡施空憾折；

一体见新声，承唐发宋，边秋云物起雄豪。

［王安石］（1021—1086），字介甫，号半山。汉族。临川人（今江西省抚州市），北宋杰出的政治家、思想家、文学家、改革家，『唐宋八大家』之一。嘉祐三年（1058年）上万言书，提出变法主张，要求改变『积贫积弱』的局面，推行富国强兵的政策。神宗熙宁二年（1069年）任参知政事。次年任宰相，依靠神宗实行变法。因保守派反对，新法遭到阻碍而流产。封荆国公，世称王荆公，卒谥『文』。其诗歌重炼意、修辞。然多用典故，好发议论，被称为『王荆公体』。其作品既有唐音，又有宋调，对宋诗的发展影响较大。有《王临川集》、《临川集拾遗》等存世。

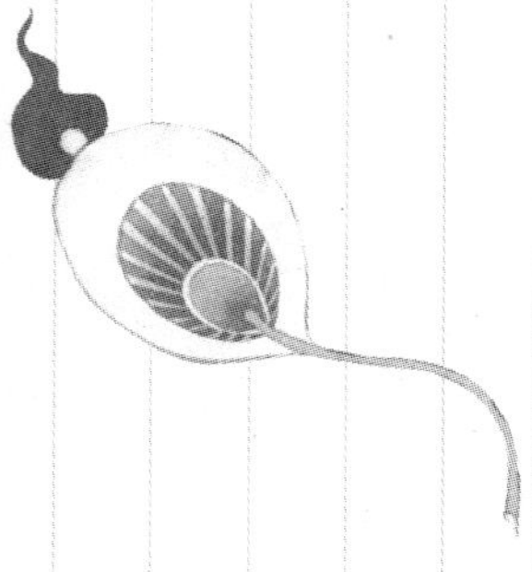

苏东坡

并青莲巨笔，数文章千古、何处风流，赤壁依回英物气；
乃绝代奇才，纵坎坷一生，犹能旷达，乌台争折大星辉？

［苏轼］（1037—1101），字子瞻，又字和仲，号『东坡居士』，世人称其为『苏东坡』。汉族，眉州（今四川眉山，北宋时为眉山城）人，祖籍栾城。北宋著名文学家、书画家、词人、诗人、美食家，『唐宋八大家』之一，豪放派词人代表。其诗、词、赋、散文，均成就极高，且善书法和绘画，是中国文学艺术史上罕见的全才，也是中国数千年历史上被公认文学艺术造诣最杰出的大家之一。其散文与欧阳修并称『欧苏』；诗与黄庭坚并称『苏黄』；词与辛弃疾并称『苏辛』；书法名列『苏、黄、米、蔡』『北宋四大书法家』之一；其画则开创了湖州画派。

黄庭坚

自领江西格调，奇崛流风，一诗名震阁天下；
横开笔底精神，险奇变法，亘古书推帖伏波。

［黄庭坚］（1045—1105），字鲁直，自号山谷道人，晚号涪翁，又称黄豫章，洪州分宁（今江西修水）人。北宋诗人、词人、书法家，为盛极一时的江西诗派开山之祖。英宗治平四年（1067年）进士。历官叶县尉、北京国子监教授、校书郎、著作佐郎、秘书丞、涪州别驾等。其诗风奇崛瘦硬，与苏轼并称『苏黄』。词风流宕豪迈，与秦观齐名。曾诗咏《登快阁》，而使快阁名声大著。黄庭坚书法初以宋代周越为师，后来受到颜真卿、怀素、杨凝式等人的影响，又受到焦山《瘗鹤铭》书体的启发，行草书形成奇险、雄放的风格。晚年行书《经伏波神祠诗》，范成大评点道：『山谷晚年书法大成，如此帖毫发无遗恨矣，心手调合，笔墨又如人意。』

秦观

秉绝尘才气，发以婉香，雅词独领三千子；
收一世风花，付之琴瑟，盛韵长销五百年。

〔秦观〕（1049—1100），字少游，一字太虚，号淮海居士。扬州高邮（今江苏高邮县）人。北宋词人，与黄庭坚、张耒、晁补之合称『苏门四学士』。元丰八年（1085年）进士，元祐初苏轼荐为秘书省正字，后任国史院编修官。哲宗时，被贬为监处州酒税，徙郴州、雷州，至藤州而卒。秦观是北宋后期著名婉约派词人，其词大多描写男女情爱和抒发仕途失意的哀怨，文字工巧精细，音律谐美，情韵兼胜。代表作为《鹊桥仙》（纤云弄巧）、《望海潮》（梅英疏淡）、《满庭芳》（山抹微云）等。张炎《词源》说：『秦少游词体制淡雅，气骨不衰，清丽中不断意脉，咀嚼无滓，久而知味。』清代王士祯评称：『风流不见秦淮海，寂寞人间五百年。』著有《淮海集》等。

陆游

抗志冲霄汉，雄吟万首光芒，高风岂止辉南宋；

悲情咽沈园，空思一水青碧，绝唱依然彻禹州。

［陆游］（1125—1210），字务观，号放翁，汉族，越州山阴（今浙江绍兴）人。南宋爱国诗人，有《剑南诗稿》、《渭南文集》等数十个文集存世，自言『六十年间万首诗』，今尚存九千三百余首。其与尤袤、杨万里、范成大并称『南宋四大诗人』。陆游亦善书，精行草和楷书。他自称『草书学张颠（张旭），行书学杨风（凝式）』。他的书法简札，信手拈来，飘逸潇洒，秀润挺拔，晚年笔力遒健奔放。朱熹称其笔札精妙，遒严飘逸，意致高远。遗留书作不多，书论有《论学二王书》。传世之作有《苦寒帖》、《怀成都诗帖》等。

赵孟頫

持四绝垂名史册，画古书圆，宗师一代开风气；
结八方遗意云山，传门辈外，今古何人并子昂。

［赵孟頫］（1254—1322），字子昂，号松雪道人，又号水精宫道人、鸥波。汉族，吴兴（今浙江湖州）人。元代著名画家，『楷书四大家』（欧阳询、颜真卿、柳公权、赵孟頫）之一。博学多才，能诗善文，懂经济，工书法，精绘艺，擅金石，通律吕，解鉴赏。特别是书法和绘画成就最高，开创元代新画风，被称为『元人冠冕』。善篆、隶、真、行、草书，尤以楷、行书著称于世。

唐伯虎

谁此风流千载，问衢巷叟童，秋香传口；
何妨狂傲一生，携诗囊画笔，桃墅醉贫。

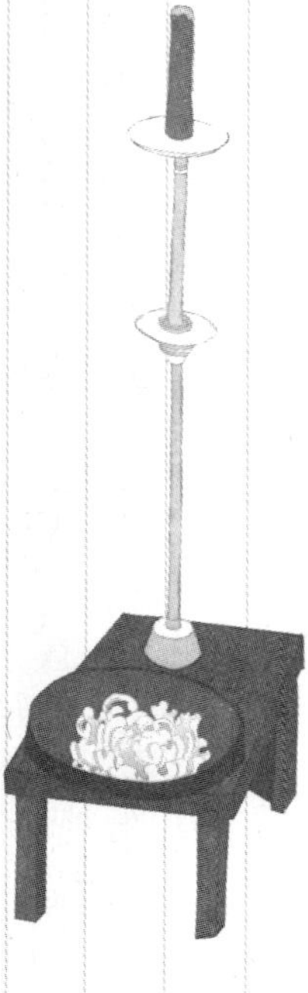

[唐寅]（1470—1523），字伯虎，一字子畏，号六如居士、桃花庵主、鲁国唐生、逃禅仙吏等。据传于明宪宗成化六年庚寅年寅月寅日寅时生，故名寅。汉族，吴县（今江苏苏州）人。他玩世不恭而又才气横溢。诗文擅名一时，与祝允明、文徵明、徐祯卿并称『江南四才子』。画名更著，与沈周、文徵明、仇英并称『吴门四家』。著有《六如居士集》。

晨崧

引诗坛一代风流，呕心国粹开新调；
秉椽笔千秋感悟，积卷幽思振玉声。

［晨崧］1935年生于河北省泊头市。又名肖锋，本名秦晓峰，中华诗词学会副会长、观园诗社社长。并著有《流暇轩凝萃吟草集》、《晨崧诗词选》、《晨崧词一百首》和《忘年情义最深长》等诗文集。多次在全国各家报刊杂志发表诗词作品和文章，部分作品被选入多种专集、辞书、辞典和碑林，有的被陈列馆收藏。曾在国际文化艺术协会台湾分会举办统一命题、统一韵律的『世界诗友万人联谊征诗大赛』中获金牌奖。

谷向阳

联坛擎纛旗，弟子三千争烂熳；
师德行花雨，关河百二播馨香。

［谷向阳］1944年生，山东嘉祥人。北京大学毕业后留校工作至今。现为北京大学教授、北京大学书法协会副主席、中国楹联学会副会长兼书法艺术委员会主任、中国楹联出版社《百家联稿》丛书编委会顾问、山东圣域诗联学会顾问、中国北方画院名誉院长。1994年11月被中国楹联学会授予『联坛十杰』荣誉称号等。

卢 波

人缘画笔而生，纸上烟霞临古境；
情与雪梅同淡，窗前风雨亦禅心。

［卢波］1975年生，字焕涛，3岁开始习画，小学开始画写生速写，并学习国画写意、素描。

1996年，毕业创作巨幅白描《出塞图》留校收藏。

2000年，为汇集刘凌沧、徐燕荪等诸多名家的大型连环画《西游记》创作封面，业已发行，深受好评。

2003年，在中日漫画大赛上因强烈的民族画风获得双方评委好评，被授予会馆特别奖。

2004年，参加全国第十届美展并获得铜奖。

2005年，获得第五届中国漫画奖最佳彩色单幅特等奖。

2007年，作品获得美国插画协会高度评价。

2008年，作品入选《中国插画年鉴》。

2008年，插图作品得到中国戏曲家协会副会长谭元杰先生、中国『连环画收藏之父』王家龙先生的高度评价。

2008年，创作《地藏王菩萨像》，并为中国佛教协会副会长净慧法师《何处青山不道场》（香港版）一书配画国画插图《十大菩萨》系列，其中4幅作品被国家领导人收藏。

2009年，登陆世界绘画艺术网站 deviantart.com，获得美、法、日等国家画家高度评价。

2010年，拜著名画家、土风画派创始人赵翔为师。

2010年12月，在西安举办了首场个人画展，受到前辈艺术家们的肯定和赞誉。

千古蕙兰香

——诗咏千秋才女

才女吟

独怜才女艺无诗，恨未相逢素月时。
多少柔肠倾笔墨，香魂依旧泛清奇。

蕙蘭吟
辛卯春雨庭

才女赋

五千年华夏，百万里方圆。自离骚而降，诸子蜂起，诗坛大噪。虽才子独占花魁，统领标向，亦不乏粉黛风骚，流响千古。吟之思之，叹之惜之。当邀九霄明月，穿渡时空；长醉一槛琴箫，霓裳歌舞。

汉晋天下，文坛雄起。才女竞妍，诗赋同辉。文君绝古一奔，颓然经礼；婕妤谏猎自悼，怨尽团扇。续《汉书》班姬之博识；吟《悲愤》文姬之管弦。邦国和亲，仰青冢之芳草；乌孙臣服，念黄鹄之细君。独悲甄氏，空赋洛神。回文锦绣，鼻祖若兰。启法书之筋骨，婉然茂漪；开咏絮之格调，清雅谢女。淡朴兰芝，近三都而伤于龙阙；清拔令娴，凭一祭而折断徐腰。不尽百朝袅娜；卓然满室清芳。

大唐金粉，诗骚盛流。三百余秋天籁，四万多篇锦章。上有武媚典厚，下有善舞秋娘。指点沈宋，拜仰婉儿之手笔；寂寥珍珠，幽怨梅妃之楼东。叹女冠之诗豪，洗尽脂粉；噪涛笺之风流，横扫须眉。尚有蕙兰，诗酒倜傥。纤丽非烟，践礼箫郎。多少红颜才气，一吟一咏断肠。

五代花蕊，不见男儿；十万兵甲，羞煞裙钗。还看辽国，诗冷文荒。观音绝响，管弦悲凉。名者乏陈，正统无续。

两宋媚庄，婉约豪放。名家璀璨，芝兰芬芳。领一代标格，品易安之绿肥红瘦；竭半生金石，发漱玉之人杰鬼雄。世薄人恶，悲咽惊鸿之画角；抱香绝艳，空怜幽栖之断肠。

元朝翘楚，只笔瑶姬。妙思我侬而流响千古；清写墨竹而蜚声九重。叹书法之工绝，秉性情之松雪。绿窗恩义，倾蕙兰之唐音；劫尘正淑，吐魏晋之风致。

自明清而下，云鬟卓荦。妙端秀眉，脍炙一时。继湘兰之画韵，写云端之恬雅；接诗骚之元白，吟曲海之相思。吴越佚姝，独怜蘼芜之气节；秦淮名艳，谁解横波之琴弦。蕉园五子，墨庄蜚扬。小韫才气，慷慨轩敞。顾芙蓉之太清；动南北之蘋香。慨爱国之湘佩；发愤俗之松坪。济济红颜，吟来酣畅。

掩卷遐思，风月澹荡。道不尽千载红颜；怎了却一片情肠。或悲或喜，若清若雅，终汗青一笔浓重，一缕馨香。

刘细君

子身西域睦同盟，万里关河息燹兵。
从俗乌孙笼权贵，忍听乡鹄发悲声。

［刘细君］（前140—前87），汉江都王（扬州）刘建之女，有才思。汉武帝为结好乌孙（今伊犁河上游流域），封细君为江都公主，下嫁乌孙国王昆莫，是早于昭君出塞的第一位『和亲公主』。其作品《悲愁歌》为后世传诵，被称作是历史上的第一首边塞诗。刘细君精通音律，是乐器琵琶的首创人。晋人傅玄《琵琶赋·序》对之考证甚详。唐人段安节在《乐府杂录》中明确指出：『琵琶，始自乌孙公主造。』

《悲愁歌》

吾家嫁我兮天一方，远托异国兮乌孙王。穹庐为室兮旃为墙，以肉为食兮酪为浆。居常土思兮心内伤，愿为黄鹄兮归故乡。

班婕妤

厚学精承仰大才，樊姬仪德并天来。
早知恩宠薄如草，自恃长门何怨哉。

注：樊姬：楚庄王夫人，有懿德，曾劝庄王息猎勤政以成霸业。

［班婕妤］（前48—2），西汉女辞赋家，祖籍楼烦（今山西朔县宁武附近），是汉成帝的妃子，善诗赋，有美德。初为少使，立为婕妤。现存作品仅三篇，即《自伤赋》、《捣素赋》和一首五言诗《怨歌行》，亦称《团扇歌》。

婕妤并非班氏的名字，而是汉代后宫嫔妃的称号。因班曾入宫被封婕妤，后人一直沿用这个称谓，以致其真实名字无从可考。相传班婕妤是越骑校尉班况的女儿，也就是《汉书》的撰写者班固和出使西域的名将班超的姑母。《汉书·外戚传》说她少有才学，工于诗赋，汉成帝时被选入宫。梁代的钟嵘《诗品》评论说：『从李都尉迄班婕妤，将百年间，有妇人焉，一人而已。』

《团扇歌》（又称《怨歌行》）

新裂齐纨素，鲜洁如霜雪。
裁为合欢扇，团团似明月。
出入君怀袖，动摇微风发。
常恐秋节至，凉飚夺炎热。
弃捐箧笥中，恩情中道绝。

卓文君

自识琴心顾俊才，夜奔践起俗尘雷。
当垆岂管白青眼，真意何曾一怨哉。

[卓文君]生卒年月不详，汉代才女，西汉临邛（属今四川邛崃）人，大富商卓王孙女。好音律，新寡家居。司马相如过饮于卓氏，以琴心挑之。文君夜奔相如，同驰归成都。因家贫，复回临邛，尽卖其车骑，置酒舍卖酒。相如身穿犊鼻裈，与奴婢杂作涤器于市中，而使文君当垆。卓王孙深以为耻，不得已而分财产与之，使回成都。事见《史记·司马相如列传》。又据《西京杂记》载，文君作司马相如诔文传于世。又载，相如将聘茂陵人之女为妾，卓文君作《白头吟》以自绝，相如乃止。后世常将卓文君事用为典故。传说后来两人生有一女，唤名琴心，因正月初一生，故皇后赐名元春。

《白头吟》

皑如山上雪，皎若云间月。闻君有两意，故来相决绝。

今日斗酒会，明旦沟水头。躞蹀御沟上，沟水东西流。

凄凄复凄凄，嫁娶不须啼。愿得一心人，白头不相离。

竹竿何袅袅，鱼尾何簁簁。男儿重意气，何用钱刀为。

班　昭

一家显赫古称奇，终续汉书蜚雅姿。
莫笑季长东阁外，禹中文笔我为师。

［班昭］（约49—约120），一名姬，字惠班。汉族，扶风安陵（今陕西咸阳东北）人。东汉史学家。史学家班彪之女、班固与班超之妹。博学高才，嫁同郡曹寿，早寡。兄班固著《汉书》，八表及《天文志》遗稿散乱，未竟而卒，班昭继承遗志，独立完成了第七表《百官公卿表》与第六志《天文志》，《汉书》遂成。帝数召入宫，令皇后贵人师事之，号曹大家。善赋颂，作《东征赋》、《女诫》。班昭的学问十分精深，当时的大学者马融为了表示尊敬，曾跪在东观藏书阁外，聆听班昭的讲解。

蔡文姬

乱世风尘塞外凉，胡笳一曲断柔肠。
千金难赎春华梦，若道荆钗何处香？

［蔡文姬］（约177—?），名琰，原字昭姬，晋时避司马昭讳，改字文姬，东汉末年陈留圉（今河南开封杞县）人，东汉大文学家蔡邕的女儿，是中国历史上著名的才女和文学家。史书说她『博学而有才辨，又妙于音律』。曾因战乱没于匈奴达12年。曹操思贤慕才，用金璧赎回。代表作有《胡笳十八拍》、《悲愤诗》等。

《胡笳十八拍》

【第一拍】我生之初尚无为，我生之后汉祚衰。天不仁兮降乱离，地不仁兮使我逢此时。干戈日寻兮道路危，民卒流亡兮共哀悲。烟尘蔽野兮胡虏盛，志意乖兮节义亏。对殊俗兮非我宜，遭恶辱兮当告谁。笳一会兮琴一拍，心愤怨兮无人知。

【第二拍】戎羯逼我兮为室家，将我行兮向天涯。云山万重兮归路遐，疾风千里兮扬尘沙。人多暴猛兮如虺蛇，控弦被甲兮为骄奢。两拍张悬兮弦欲绝，志摧心折兮自悲嗟。

【第三拍】越汉国兮入胡城，亡家失身兮不如无生。毡裘为裳兮骨肉震惊，羯膻为味兮枉遏我情。鼙鼓喧兮从夜达明，胡风浩浩兮暗塞营。伤今感昔兮三拍成，衔悲畜恨兮何时平！

【第四拍】无日无夜兮不思我乡土，禀气含生兮莫过我最苦。天灾国乱兮人无主，唯我薄命兮没戎虏。俗殊心异兮身难处，嗜欲不同兮谁可与语。寻思涉历兮多艰阻，四拍成兮益凄楚。

【第五拍】雁南征兮欲寄边声，雁北归兮为得汉音。雁飞高兮邈难寻，空断肠兮思愔愔。攒眉向月兮抚雅琴，五拍泠泠兮意弥深。

【第六拍】冰霜凛凛兮身苦寒，饥对肉酪兮不能餐。夜闻陇水兮声呜咽，朝见长城兮路杳漫。追思往日兮行李难，六拍悲来兮欲罢弹。

【第七拍】日暮风悲兮边声四起，不知愁心兮说向谁是。原野萧条兮烽戍万里，俗贱老弱兮少壮为美。逐有水草兮安家葺垒，牛羊满地兮聚如蜂蚁。草尽水竭兮羊马皆徙，七拍流恨兮恶居于此。

【第八拍】为天有眼兮何不见我独漂流？为神有灵兮何事处我天南海北头？我不负天兮天何配我殊匹？我

不负神兮神何殛我越荒州？制兹八拍兮拟排忧，何知曲成兮转悲愁。

【第九拍】天无涯兮地无边，我心愁兮亦复然。人生倏忽兮如白驹之过隙，然不得欢乐兮当我之盛年。怨兮欲问天，天苍苍兮上无缘。举头仰望兮空云烟，九拍怀情兮谁与传？

【第十拍】城头烽火不曾灭，疆场征战何时歇。杀气朝朝冲塞门，胡风夜夜吹边月。故乡隔兮音尘绝，哭无声兮气将咽。一生辛苦兮缘别离，十拍悲深兮泪成血。

【第十一拍】我非贪生而恶死，不能捐身兮心有以。生仍冀得兮归桑梓，死当埋骨兮长已矣。日居月诸兮在戎垒，胡人宠我兮有二子。鞠之育之兮不羞耻，愍之念之兮生长边鄙。十有一拍兮因兹起，哀响缠绵兮彻心髓。

【第十二拍】东风应律兮暖气多，汉家天子兮布阳和。羌胡蹈舞兮共讴歌，两国交欢兮罢兵戈。忽逢汉使兮称近诏，遣千金兮赎妾身。喜得生还兮逢圣君，嗟别稚子兮会无因。十有二拍兮哀乐均，去住两情兮难具陈。

【第十三拍】不谓残生兮却得旋归，抚抱胡儿兮泣下沾衣。汉使迎我兮四牡骓骓，胡儿号兮谁得知？与我生死兮逢此时，愁为子兮日无光辉，焉得羽翼兮将汝归。一步一远兮足难移，魂消影绝兮恩爱遗。十有三拍兮弦急调悲，肝肠搅刺兮人莫我知。

【第十四拍】身归国兮儿莫知随，心悬悬兮长如饥。四时万物兮有盛衰，唯我愁苦兮不暂移。山高地阔兮见汝无期，更深夜阑兮梦汝来斯。梦中执手兮一喜一悲，觉得痛吾心兮无休歇时。十有四拍兮涕泪交垂，河水东流兮心是思。

【第十五拍】十五拍兮节调促，气填胸兮谁识曲？处穹庐兮偶殊俗，愿归来兮天从欲。再还汉国兮欢心足，心有怀兮愁转深。日月无私兮曾不照临，子母分离兮意难任。同天隔越兮如商参，生死不相知兮何处寻。

【第十六拍】十六拍兮思茫茫，我与儿兮各一方。日东月西兮徒相望，不得相随兮空断肠。对萱草兮忧不忘，弹鸣琴兮情何伤。今别子兮归故乡，旧怨平兮新怨长。泣血仰头兮诉苍苍，胡为生兮独罹此殃。

【第十七拍】十七拍兮心鼻酸，关山阻修兮独行路难。去时怀土兮心无绪，来时别儿兮思漫漫。塞上黄蒿兮枝枯叶干，沙场白骨兮刀痕箭瘢。风霜凛凛兮春夏寒，人马饥荒兮骨肉单。岂知重得兮入长安，叹息欲绝兮泪阑干。

【第十八拍】胡笳本自出胡中，缘琴翻出音律同。十八拍兮曲虽终，响有余兮思未穷。是知丝竹微妙兮均造化之功，哀乐各随人心兮有变则通。胡与汉兮异域殊风，天与地隔兮子西母东。苦我怨气兮浩于长空，六合虽广兮受之不容。

甄皇后

纵比二乔当奈何，曹家社稷半消磨。
无端洒尽江神泪，千古邺城悲独歌。

［甄皇后］（182—221），名宓，又名洛，中山无极（今河北无极）人。始嫁袁熙，公元204年嫁与曹丕。后来失宠，作《塘上行》以寄哀怨。死后被『以发覆面、以糠塞口』。其子曹睿即位后，被追谥为『文昭皇后』，葬于邺城。传其与曹植有些瓜葛，《洛神赋》原型或即是甄皇后。

《塘上行》

蒲生我池中，其叶何离离。傍能行仁义，莫若妾自知。众口铄黄金，使君生别离。念君去我时，独愁常苦悲。想见君颜色，感结伤心脾。念君常苦悲，夜夜不能寐。莫以豪贤故，弃捐素所爱？莫以鱼肉贱，弃捐葱与薤？莫以麻枲贱，弃捐菅与蒯？出亦复何苦，入亦复何愁。边地多悲风，树木何修修。从君致独乐，延年寿千秋。

卫夫人

婉穆冰壶启右军，书风一代史中闻。
博传家学研轮手，只笔龙蛇崇骨筋。

〔卫夫人〕（272—349），河东安邑（今山西夏县）人。名铄，字茂漪，自署和南。东晋女书法家。传为王右军（王羲之）之师。汝阴太守李矩之妻，世称卫夫人。师承钟繇，尤善隶书。传世作品有《笔阵图》。家学渊源（北派之祖卫瓘的侄女、卫恒的从妹），有名当代。《书法要录》说她得笔法于钟繇，熔钟、卫之法于一炉。钟繇赞其书法曰：『碎玉壶之冰，烂瑶台之月，婉然芳树，穆若清风。』

谢道韫

吟绝絮花无雪诗，风过林下几清姿。
簪缨何觅疏狂调，一片冰心恨见迟。

〔谢道韫〕（349—409），著名才女。她出身于晋代王、谢两大家族中的谢家，陈郡阳夏（今河南太康）人，东晋后期打败苻坚百万大军的一代名将谢安之侄女，安西将军谢奕之女，成人后又是大书法家王羲之的二儿媳，即王羲之二子王凝之之妻，可谓是出身于诗书富贵之家、礼乐簪缨之族。公元399年丈夫王凝之为孙恩起义军所杀，后一直寡居会稽。

谢道韫识知精明，聪慧能辩。叔父谢安曾问她：『《毛诗》何句最佳？』答：『吉甫作颂，穆如清风。仲山甫永怀，以慰其心。』安称赞她有『雅人深致』。一次谢安召集儿女子侄讲论文义，俄而大雪骤下，安问道：『白雪纷纷何所似？』安侄谢朗答：『撒盐空中差可拟。』道韫说：『未若柳絮因风起。』安大悦。这一咏雪名句，盛为人所传诵。

谢道韫长于诗文，刘孝标注《世说新语·言语》引《妇人集》说，谢道韫有文才，所著诗、赋传于世。她的作品据《隋书·经籍志》载有诗集两卷，已经亡佚。《艺文类聚》保存其《登山》（又名《泰山吟》）和《拟嵇中散咏松》两首诗，《全晋文》收其《论语赞》。

谢道韫的书法也为后世所称道。唐张怀瓘《书断》称其书法『为其舅（指王羲之）所重』。唐人李嗣真《书后品》则称其书法『雍容和雅，芬馥可玩』。谢道韫和丈夫王凝之有四子一女。四子是蕴之，平之，亨之，恩之；一女成人后嫁给庾氏。据《晋书·列女传》记载，谢道韫的子女在孙恩之乱中全部遇难，所以说，她虽出身名门，却也命运多舛。

《泰山吟》

峨峨东岳高，秀极冲青天。
岩中间虚宇，寂寞幽以玄。
非工复非匠，云构发自然。
器象尔何物，遂令我屡迁。
逝将宅斯宇，可以尽天年。

左　芬

九重草木共凄悲，空赋薄居销四时。
若是三都无纸贵，深宫何处锁春姿？

［左芬］（？—300），字兰芝，芬一作菜。晋左思之妹，因左思《三都赋》鹊起而召入宫。齐国临淄人，以《离思赋》而著。《晋书》中称左芬『姿陋……体羸多患，常居薄室』。

《离思赋》

生蓬户之侧陋兮，不闲习于文符。不见图画之妙像兮，不闻先哲之典谟。既愚陋而寡识兮，谬忝厕于紫庐。非草苗之所处兮，恒怵惕以忧惧。怀思慕之忉怛兮，兼始终之万虑。嗟隐忧之沈积兮，独郁结而靡诉。意惨愦而无聊兮，思缠绵以增慕。夜耿耿而不寐兮，魂憧憧而至曙。风骚骚而四起兮，霜皑皑而依庭。日晻暧而无光兮，气懰栗以冽清。怀愁戚之多感兮，患涕泪之自零。昔伯瑜之婉娈兮，每彩衣以娱亲。悼今日之乖隔兮，奄与家为参辰。岂相去之云远兮，曾不盈乎数寻。何宫禁之清切兮，欲瞻睹而莫因。仰行云以歔欷兮，涕流射而沾巾。

惟屈原之哀感兮，嗟悲伤于离别。彼城阙之作诗兮，亦以日而喻月。况骨肉之相于兮，永缅邈而两绝。长含哀而抱戚兮，仰苍天而泣血。

乱曰：骨肉至亲，化为他人，永长辞兮。惨怆愁悲，梦想魂归，见所思兮。惊寤号啕，心不自聊，泣涟洏兮。援笔舒情，涕泪增零，诉斯诗兮。

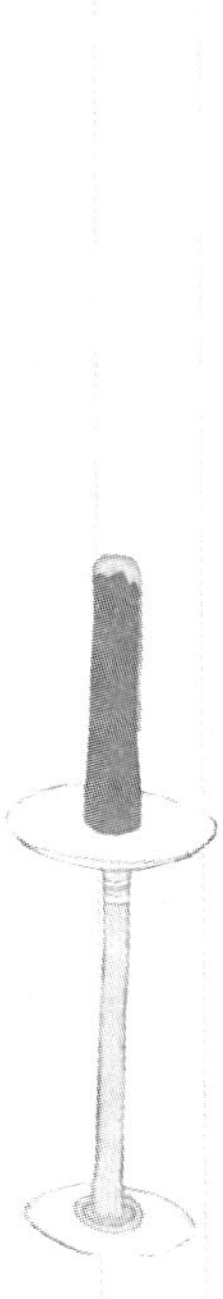

刘令娴

文辞清拔冠南朝，搁笔徐公尽折腰。
可叹三娘名太重，一襟悲泪祭夫遥。

［刘令娴］出身官宦之家，六朝梁代文学家刘孝绰第三妹，世称『刘三娘』。彭城（今江苏徐州）人，生卒年不详。东海徐悱之妻。徐悱，字敬业，是仆射徐勉之子。524年，徐悱死，令娴作《祭夫文》，辞意凄惋。徐勉看后大为惊叹，便无意再写祭文。从此留下了『令名士搁笔』的美谈。

刘氏三姊妹都有才学，而令娴文尤清拔。《名媛汇诗》中记有一则逸事：孝绰罢官不出，为诗题于门曰：『闭门罢庆吊，高卧谢公卿。』令娴续云：『落花扫仍合，聚兰摘复生。』

刘令娴诗作语言清新，风格流丽。其《答外诗》两首最是著名。

《答外诗》

其一

东家挺奇丽，南国擅容辉。夜月方神女，朝霞喻洛妃。
还看镜中色，比艳自知非。摛词徒妙好，连类顿乖违。
智夫虽已丽，倾城未敢希。

其二

花庭丽景斜，兰牖轻风度。落日更新妆，开帘对春树。
鸣鹂叶中响，戏蝶花间骛。调瑟本要欢，心愁不成趣。
良会诚非远，佳期今不遇。欲知幽怨多，春闺深且暮。

侯夫人

迷楼尤物缀豪奢，枉自才情度日斜。
一缕香魂终绝怨，悲来女子似杨花。

［侯夫人］生卒年月不详。隋炀帝在位期间广造高楼，征选天下美女数千名并纳于迷楼中幽闭，侯夫人就是这几千名一辈子都没有见过隋炀帝的宫女之一，最后自缢而死，臂悬锦囊，左右取进，得《自感诗》三首。

其一曰：『庭绝玉辇迹，芳草渐成窠。隐隐闻箫鼓，君恩何处多。』

其二曰：『欲泣不成泪，悲来翻强歌。庭花方烂熳，无计奈春何。』

其三曰：『春阴正无际，独步意如何。不及闲花草，翻承雨露多。』

又《妆成诗》云：『妆成多自恨，梦好却成悲。不及杨花意，春来到处飞。』

杨贵妃

霓裳一曲九门开，妃果风尘万壑来。
莫道红颜召祸水，昏疏纲纪已悲哀。

［杨玉环］（719—756），唐代蒲州永乐人（今山西永济）人。通晓音律，能歌善舞。最初为唐玄宗的第十八子寿王的王妃，唐玄宗见杨玉环的姿色后，欲纳入宫中，便先着为女道士，号太真。天宝四年（745年）入宫，得唐玄宗宠幸，封为贵妃。后安史之乱爆发，唐玄宗逃离长安，途至马嵬坡，六军不肯前行，说是因为杨国忠（贵妃之堂兄）通于胡人，而致有安禄山之反。玄宗为息军心，乃杀杨国忠。六军又不肯前行，谓杨国忠为贵妃堂兄，堂兄有罪，堂妹亦难免，最后贵妃被缢死于路祠。

杨贵妃与西施、王昭君、貂蝉被并称为中国古代四大美女。有诗二首传世。

《**赠张云容舞**》

罗袖动香香不已，红蕖袅袅秋烟里。

轻云岭上乍摇风，嫩柳池边初拂水。

《**赠梅妃**》

美艳何曾减却春，梅花雪里减清真。

总教借得春风草，不与凡花斗色新。

卷珠帘

武则天

一帝千秋统万臣，何妨盛世女儿身。
独怀雄略延贤达，无字碑前愧俗人。

〔武则天〕中国历史上唯一一位正统的女皇帝（唐高宗时代爆发农民起义，曾出现一位女皇帝陈硕真），也是继位年龄最大的皇帝（67 岁即位），又是寿命最长的皇帝之一（终年 82 岁）。唐高宗时为皇后（655—683）、唐中宗和唐睿宗时为皇太后（684—690），后自立为武周皇帝（690—705），改国号『唐』为『周』，定都洛阳，并号其为『神都』。史称『武周』。705 年退位。

上官婉儿

量称李唐天下奇，一朝风雅上官诗。
可怜绝代天宫变，千古梅妆已尽悲。

［上官婉儿］又称上官昭容（664—710），唐代女官、女诗人。陕州陕县（今属河南）人。上官仪孙女。仪被杀，随母郑氏配入内廷。年十四，即为武则天掌文诰。唐中宗时，封为昭容。曾建议扩大书馆，增设学士。又曾代朝廷品评天下诗文，一时词臣多集其门。临淄王（即唐玄宗）起兵，与韦后同时被杀。后人称其为『巾帼首相』。有诗《彩书怨》等传世。

相传婉儿将生时，母亲郑氏梦见一个巨人给她一秤道：『持此称量天下士。』郑氏料想腹中必是一个男子，将来才能称量天下人才，谁知生下地来，却是一个女儿。出世才满月，郑氏抱婉儿在怀中戏语道：『汝能称量天下士么？』婉儿即呀呀地相应。婉儿额头有一伤痕，便刺梅花一朵以掩瑕疵。宫女皆以为美，以胭脂在前额点红效仿，『梅花妆』遂渐成时尚。

《彩书怨》

叶下洞庭初，思君万里余。露浓香被冷，月落锦屏虚。
欲奏江南曲，贪封蓟北书。书中无别意，惟怅久离居。

《奉和圣制立春日侍宴内殿出翦彩花应制》

密叶因裁吐，新花逐翦舒。攀条虽不谬，摘蕊讵知虚。
春至由来发，秋还未肯疏。借问桃将李，相乱欲何如。

薛涛

琵琶门巷已无歌，空有花溪忆翠蛾。
吟尽蜀中才子气，琴樽谁与半消磨？

［薛涛］唐代女诗人，字洪度，长安（今陕西西安）人。薛涛姿容美艳，性敏慧，多才艺，声名倾动一时。德宗贞元（785—804）中，韦皋任剑南西川节度使，曾拟奏请朝廷授以秘书省校书郎的官衔。后世称歌伎为『校书』就是从她开始的。居浣花溪上，自造桃红色的小彩笺，用以写诗。后人仿制，称为『薛涛笺』。晚年好作女道士装束，建吟诗楼于碧鸡坊，在清幽的生活中度过晚年。王建《寄蜀中薛涛校书》诗称道：『万里桥边女校书，枇杷花里闭门居。扫眉才子知多少，管领春风总不如。』与刘采春、鱼玄机、李治并称『唐朝四大女诗人』，与卓文君、花蕊夫人、黄娥并称『蜀中四大才女』。据《名媛诗话》说：『涛八九岁知音律。其父一日坐庭中，指井梧示之曰：「庭除一古桐，耸干入云中。」令涛续之。即应声曰：「枝迎南北鸟，叶送往来风。」父愀然久之。』

李冶

何曾道观羁幽身，独擅风流客俗尘。
一别花都伤紫阙，中唐无复性情人。

注：花都：乃时广陵美称。

[李冶]字季兰(《太平广记》中作『秀兰』)，乌程(今浙江吴兴)人。6岁那年，曾写下一首《咏蔷薇诗》：『经时未架却，心绪乱纵横。』其父见诗大惊。后出家为女道士。她生性浪漫，爱作雅谑，又善弹琴，尤工格律。与著名诗人刘长卿等人情意投合。天宝年间，玄宗闻其诗才，特召赴京入宫。公元784年，因曾上诗叛将朱泚，被德宗下令乱棒扑杀之。

刘长卿对李冶的诗极其赞赏，称她为『女中诗豪』。高仲武评论说：『士有百行，女唯四德。季兰则不然。形器既雌，诗意亦荡。自鲍照以下，罕有其伦。』又说她『上方班姬(婕妤)则不足，下比韩英（兰英）则有余。不以迟暮，亦一俊妪。』她与薛涛、鱼玄机、刘采春被人合称为『唐朝四大女诗人』。

李治的诗以五言擅长，多酬赠遣怀之作。宋人陈振孙《直斋书录解题》著录《李季兰集》一卷，今已失传，仅存诗十六首。

《寄朱放》

望水试登山，山高湖又阔。相思无晓夕，相望经年月。
郁郁山木荣，绵绵野花发。别后无限情，相逢一时说。

花蕊夫人

幻灭繁华草木悲，杜鹃声里误娥眉。
深宫锁尽相思意，满枕清凉可诉谁？

［花蕊夫人］后蜀主孟昶的费贵妃，五代十国时期的女诗人，青城（今都江堰市东南）人。幼能文，尤长于宫词。得幸蜀主孟昶，赐号花蕊夫人。其宫词描写的生活场景极为丰富，用语以浓艳为主，但也偶有清新朴实之作，如『三月樱桃乍熟时，内人相引看红枝。回头索取黄金弹，绕树藏身打雀儿』。后蜀亡，被掳于宋，其《述国亡诗》颇受人称道。

《述国亡诗》

君王城上竖降旗，妾在深宫那得知。
十四万人齐解甲，宁无一个是男儿。

李清照

吟坛大纛女中奇，徒让男儿赘艳词。
人杰鬼雄应绝古，黄花一枕我常悲。

［李清照］（1084—1155），号易安居士，南宋女词人。汉族，济南章丘人，婉约派代表。生于书香门第，父亲李格非进士出身，是苏轼的学生，官至提点刑狱、礼部员外郎，藏书甚富，善属文，工于词章。母亲是状元王拱宸的孙女，很有文学修养。李清照对诗词、散文、书画、音乐无不通晓，以词的成就最高。词清新委婉，感情真挚，且以北宋、南宋生活变化呈现不同特点。前期反映闺中生活感情、自然风光、别思离愁，清丽明快。后来因为丈夫去世再加亡国伤痛，诗词变为凄凉悲痛，抒发怀乡、悼亡情感，也寄托强烈的亡国之思。代表作有《声声慢》、《一剪梅》、《如梦令》等。其文学创作具有鲜明独特的艺术风格，居婉约派之首，对后世影响较大，被称为『易安体』。有《易安居士文集》等著作传世。

李清照与丈夫赵明诚情投意合。曾于重阳节，作了那首著名的《醉花阴》，寄给在外作官的丈夫：『薄雾浓云愁永昼，瑞脑销金兽。佳节又重阳，玉枕纱橱，半夜凉初透。东篱把酒黄昏后，有暗香盈袖。莫道不销魂，帘卷西风，人比黄花瘦。』秋闺的寂寞与闺人的惆怅跃然纸上。据《嫏环记》载，赵明诚接信后，叹赏不已，又不甘下风，就闭门谢客，废寝忘食，三日三夜，写出五十阙词。他把李清照的这首词也杂入其间，请友人陆德夫品评。陆德夫把玩再三，说：『只三句绝佳。』赵问是哪三句，陆答：『莫道不销魂，帘卷西风，人比黄花瘦。』

唐婉

沈园楼阁惹相思，莫道惊鸿咽别离。
千古婉心寒礼教，雅才空向月花悲。

［唐婉］字蕙仙，生卒年月不详。陆游母舅唐诚的女儿，自幼文静灵秀，才华横溢。她也是陆游的第一任妻子，后因陆母偏见而被拆散。也因此写下著名的《钗头凤》（世情薄）。

陆家曾以一只精美无比的家传凤钗作信物，与唐家订亲。陆游二十岁（绍兴十四年）时与唐婉结合。不料唐婉的才华横溢与陆游的亲密感情，引起了陆母的不满（女子无才便是德），后陆母认为唐婉把儿子的前程耽误殆尽，遂命陆游休了唐婉。陆游曾另筑别院安置唐婉，其母察觉后，命陆游另娶一位温顺本分的王氏为妻。唐婉而后由家人作主改嫁给了皇家后裔、同郡士人赵士诚。公元1155年（绍兴二十年），礼部会试失利后陆游到沈园去游玩，偶然遇见了唐婉，两个人都非常难过。陆游感伤地在墙上题了一首《钗头凤》（红酥手）词。1156年，唐婉再次来到沈园并读到了陆游的题词，不由感慨万千，于是和了一阙《钗头凤》（世情薄）。随后不久便抑郁而终。

《钗头凤》（陆游）

红酥手，黄藤酒，满城春色宫墙柳。东风恶，欢情薄，一怀愁绪，几年离索。错！错！错！

春如旧，人空瘦，泪痕红浥鲛绡透。桃花落，闲池阁，山盟虽在，锦书难托。莫！莫！莫！

《钗头凤》（唐婉）

世情薄，人情恶，雨送黄昏花易落。晓风干，泪痕残，欲笺心事，独倚斜栏。难！难！难！

人成各，今非昨，病魂常似秋千索。角声寒，夜阑珊，怕人寻问，咽泪装欢。瞒！瞒！瞒！

朱淑真

闺中吟尽断肠词，漱玉香残艳一时。
且把婉怀倾笔墨，潇湘斑竹寄余悲。

［朱淑真］宋代女词人，号幽栖居士。《四库全书》定其为『浙中海宁人』，一说『浙江钱塘（今浙江杭州）人』。祖籍安徽歙州（州治今安徽歙县），南宋初年时在世，相传为朱熹侄女。朱淑真生于仕宦家庭，幼颖慧，博通经史，能文善画，精晓音律，尤工诗词。『嫁为市井民妻，不得志而殁。』著有《断肠词》。

其诗词多抒写个人爱情生活，早期笔调明快，文词清婉，情致缠绵，后期则忧愁郁闷，颇多幽怨之音，流于感伤，后世人称之曰『红艳诗人』。作品艺术上成就颇高，后世常与李清照相提并论。

朱淑真书画造诣相当高，尤善描绘红梅翠竹。明代著名画家杜琼在朱淑真的《梅竹图》上曾题道：『观其笔意词语皆清婉……诚闺中之秀，女流之杰者也。』明代大画家沈周在《石田集·题朱淑真画竹》

中说：『绣阁新编写断肠，更分残墨写潇湘。』

《月华清·梨花》

雪压庭春，香浮花月，揽衣还怯单薄。欹枕裴回，又听一声干鹊。粉泪共、宿雨阑干，清梦与、寒云寂寞。除却，是江梅曾许，诗人吟作。

长恨晓风漂泊，且莫遣香肌，瘦减如削。深杏夭桃，端的为谁零落。况天气、妆点清明，对美景、不妨行乐。拌著，向花时取，一杯独酌。

萧观音

辽土何人并艳才，管弦声里独凄哀。
十香词绝楼头月，一曲琵琶一惜哉。

［萧观音］（1040—1075），辽代女诗人，辽道宗耶律洪基的皇后。善琵琶，工诗，能自制歌词。曾作《伏虎林应制》诗、《君臣同志华夷同风应制》诗等，被道宗誉为女中才子。皇太叔耶律重元之妻艳冶自矜，萧观音告诫她说：『为贵家妇，何必如此！』后由于谏猎秋山被皇帝疏远，作《回心院》词十首，抒发幽怨怅惘之情。大康元年（1075年）十一月，宰相耶律乙辛、宫婢单登、教坊朱顶鹤等人向辽道宗进《十香词》，诬陷萧后和伶官赵惟一私通。萧观音被道宗赐死，其尸送回萧家。乾统元年（1101年）六月，天祚帝追谥祖母为『宣懿皇后』，葬于庆陵。

《回心院》词十首

之一：扫深殿，闭久金铺暗。游丝络网空作堆，积岁青苔厚阶面。扫深殿，待君宴。

之二：拂象床，凭梦借高塘。敲坏半边知妾卧，恰当天处少辉光。拂象床，待君王。

之三：换香枕，一半无云锦。为使秋来辗转多，更有双双泪痕渗。换香枕，待君寝。

之四：铺翠被，羞杀鸳鸯对。犹忆当时叫合欢，而今独覆相思魂。铺翠被，待君睡。

之五：装绣帐，金钩未敢上。解除四角夜光珠，不教照见愁模样。装绣帐，待君眠。

之六：叠锦茵，重重空自陈。只愿身当白玉体，不愿伊当薄命人。叠锦茵，待君临。

之七：展瑶席，花笑三韩碧。笑却新铺玉一床，从来妇欢不终夕。展瑶席，待君息。

之八：剔银灯，须知一样明。偏是君来生彩晕，对妾故作青荧荧。剔银灯，待君行。

之九：爇薰炉，能将孤闷苏。若道妾身多秽贱，自沾御香香彻肤。爇薰炉，待君娱。

之十：张鸣筝，恰恰语娇莺。一从弹作房中曲，常和窗前风雨声。张鸣筝，待君听。

管道昇

毫端神妙走龙蛇，墨竹清来帝子家。
讵道玉堂应独镇，雅同松雪度烟霞。

［管道昇］字仲姬，一字瑶姬，江苏青浦（今属上海）人。南宋景定三年（1262年）生。幼习书画，笃信佛法。曾手书《金刚经》数十卷，赠名山寺。嫁元代吴兴书画名家赵孟頫为妻，封吴兴郡夫人，世称管夫人。管道昇所写行楷与赵孟頫颇相似，所书《璇玑图诗》笔法工绝。精于诗。尤擅画墨竹梅兰。晴竹新篁，为其首创。元延祐六年（1319年）卒。传赵孟頫晚年欲纳妾，曾试探管曰：『我学士，尔夫人。岂不闻陶学士有桃叶、桃根，苏学士有朝云、暮雪。我便娶几个吴姬越女也无过分，你年纪已过四旬，只管占住玉堂春。』管夫人便写下了著名的《我侬词》。词曰：『你侬我侬，忒煞情多。情多处，热似火。把一块泥，捻一个你，塑一个我。将咱两个一齐打破，用水调和。再捻一个你，再塑一个我。我泥中有你，你泥中有我。我与你生同一个衾，死同一个椁。』

李因

抛却胭脂临画书，积苔扫柿习三余。
诗中自得天然味，写意清来摩诘居。

［李因］出身贫寒，资性警敏，耽于读书，不喜修饰。常『积苔为纸，扫柿为书，帷萤为灯』，苦学成才。早年为江浙名妓，海宁人光禄卿葛征奇见到其《咏梅诗》中有『一枝留待晚春开』之句，对其才华大为赞叹，顿生倾慕之心，纳为侍妾。婚后随葛职务调动，『溯太湖、渡金焦、涉黄河、泛济水、达幽燕』，15年中几乎跑遍半个中国，仍孜孜不倦，嗜书成癖，即在旅途，均不忘读书吟诗。时值明末，天下大乱，一次乘舟过宿州，兵变猝起，行李首饰尽失，独抱诗稿而逃。明崇祯十六年（1643年）出诗集《竹笑轩吟草》和《续竹笑轩吟草》各一卷，共260余首，多为旅途之作，其诗笔清奇，有中唐遗韵。征奇为其诗集作序，称其诗『清扬婉娩，如晨露初桐，又如微云疏雨，自成逸品，即老宿臣公不能相下』。李因擅墨笔山水、花鸟，颇自负，自比唐王维。山水法宋人

米芾、米友仁父子，多用水墨点染，『以烟云掩映树石』，苍老无闺阁气。亦工芦雁。

《鹫岭山庄寻秋》

十丈悬崖挂薜萝，参云风顶见嵯峨。
闲搜怪石秋林晚，独听残钟晓月过。
黄叶山前人迹少，白云天际鸟声多。
冷泉亭下潺潺水，不许渔舟唱棹歌。

感庭秋
庚寅 雪波

董小宛

秦淮风月几幽香，耽尽琴书吟半塘。
烽火一天空冒宅，青山何处葬情肠。

［董小宛］本名白（1624—1651），字小宛，一字青莲，明末『秦淮八艳』之一。为秦淮旧院第一流人物，又称『针神曲圣』。曾『自西湖远游于黄山白岳之间』。清代诗人、画家吴伟业《题董白小像诗》对她游历黄山作了描述：『钿毂春浇斗画裙，卷帘都道不如君。白门移得丝丝柳，黄海归来步步云。』董小宛性好清静，每到幽林远壑，就眷恋不舍。因厌弃喧闹奢靡，独居苏州半塘达六年之久。后嫁给冒辟疆，以琴棋书画相悦。清入关后困顿而死，年二十七岁。

《**绿窗偶成**》

病眼看花愁思深，幽窗独坐抚瑶琴。
黄鹂亦似知人意，柳外时时弄好音。

《**书闷**》

独坐红窗闷检书，双眉终日未能舒。
芳容消减何人觉，空费朝朝油壁车。

柳如是

诗书声色与天来，错嫁东林一世哀。
纵是风尘多舛命，香魂依旧格如梅。

〔柳如是〕浙江嘉兴人。本姓杨名爱，后改名柳隐。明清易代之际的著名才女，因读宋朝辛弃疾《贺新郎》中『我见青山多妩媚，料青山见我应如是』，故自号如是。与钱谦益结缡后，钱取柳姓郡望，称河东君。擅近体七言和书法。『秦淮八艳』之一。

《金明池·咏寒柳》

有怅寒潮，无情残照，正是萧萧南浦。更吹起，霜条孤影，还记得，旧时飞絮。况晚来，烟浪斜阳，见行客，特地瘦腰如舞。总一种凄凉，十分憔悴，尚有燕台佳句。春日酿成秋日雨。念畴昔风流，暗伤如许。纵饶有，绕堤画舸，冷落尽，水云犹故。忆从前，一点东风，几隔著重帘，眉儿愁苦。待约个梅魂，黄昏月淡，与伊深怜低语。

林以宁

蕉园椽笔动钱塘，管领风骚红粉妆。
墨竹一庭知砚友，湖山青碧尽诗行。

［林以宁］生卒年均不详，约清圣祖康熙中前后在世。她是进士林纶之女，监察御史钱肇修之室。与其姑顾玉蕊均工诗文骈体。玉蕊曾集合当地能诗女子，组织蕉园诗社。以宁于归后，继续姑志，重组蕉园七子社。当时『七子』之名，颇蜚声于西子湖滨。又擅长书画，尤长于墨竹。著有《墨庄诗抄》、《墨庄文抄》和《墨庄词余》等。

《哭陈夫人》

忽驾青鸾返碧虚，琼花摧折痛何如。修文应是才人责，征到嫦娥旧侍书。

顾春

才调何人并大旌，清真力压纳兰声。
豪门恩怨浑流水，一院梨花共月明。

〔顾太清〕（1799—1876），名春，字梅仙，原姓西林觉罗氏，满洲镶蓝旗人。清代著名女词人。多才多艺，且一生写作不辍，尤以词名重士林。著有词集《东海阁集》和诗集《天游阁集》。前人曰：『八旗论词，有「男中成容若，女中太清春」之语。』足见她在诗词上的成就。太清晚年还自署『云槎外史』之名，著作小说《红楼梦影》，成为中国小说史上第一位女性小说家。其文采见识，非同凡响。

《喝火令》

己亥惊蛰后一日，雪中访云林，归途雪已深矣。遂题小词，书于灯下。

久别情已熟，交深语更繁。故人留我饮芳樽。已到鸦栖时候，窗影渐黄昏。　拂面东风冷，
漫天春雪翻。醉归不怕城门闭。一路琼瑶，一路没车痕，一路远山近树，妆点玉乾坤。

吴藻

满门商贾独琴诗，吟尽吴中长短词。
香雪庐前空绝响，碧城何处绽梅姿。

[吴藻]（1799—1862），字苹香，自号玉岑子，仁和（今杭州）人。幼而好学，长则肆力于词，又精绘事，尝写《饮酒读骚图》。其父、夫皆商人，唯吴藻能画、善琴、工词曲。其自制乐府，名曰《乔影》，吴中好事者，被之管弦，一时传唱。尝拜文坛耆宿陈碧城文述为师。晚年移居南湖，因古城野水，地多梅花，遂取斋名为『香南雪北庐』，并绝文字，潜心奉道。

吴藻常以『扫眉才』自诩，称『想我空眼当世，志轶尘凡，高情不逐梨花，奇气可吞云梦』。曾效风流雅士赌酒青楼，于角韵歌弦声中品赏才妓美人，道出『买个红船，载卿同去』、隐入『漠漠五湖春』的惊世之语。陈文述评之曰：『前生名士，今生美人。』

《苏幕遮》

曲栏干，深院宇，依旧春来，依旧春又去；一片残红无着处，绿遍天涯，绿遍天涯树。柳花飞，萍叶聚，梅子黄时，梅子黄时雨；小令翻香词太絮，句句愁人，句句愁人处。

《金缕曲》

生木青莲界，自翻来几重愁案，替谁交代？愿掬银河三千丈，一洗女儿故态。收拾起断脂零黛，莫学兰台愁秋语，但大言打破乾坤隘。拔长剑，倚天外。

人间不少莺花海，尽饶他旗亭画壁，双鬟低拜。酒散歌阑仍撒手，万事总归无奈！问昔日劫灰安在？识得天之真道理，使神仙也被虚空碍。尘世事，复何怪！

沈善宝

晚清风雨几诗骚，闺阁愤然横笔刀。
鸿雪楼中稀粉黛，名媛有幸沈家毫。

［沈善宝］（1808—1862），字湘佩，钱塘（今浙江杭州）人。江西义宁州判学琳女，咸丰时吏部郎中武凌云继室，陈文述弟子。沈氏幼秉家学，工于诗词，著述甚丰，有《鸿雪楼诗选初集》、《鸿雪楼词》及《名媛诗话》传世。沈善宝一生游走南北，广结各方才媛，尤其是通过《名媛诗话》的编撰，奠定了她在清道咸年间女性文坛上的领袖地位。

《满江红·渡扬子江》

滚滚银涛，写不尽、心头热血。问当年，金山战鼓，红颜勋业。肘后难悬苏季印，囊中剩有江淹笔。算古来、巾帼几英雄，愁难说。　望北固，秋烟碧；指浮玉，秋阳出。把蓬窗倚遍，唾壶敲缺。游子征衫搀泪雨，高堂短鬓飞霜雪。问苍苍、生我欲何为，生磨折。

程蕙英

名门闺秀亦疏狂，阅世弹词开卷香。
绛帐半生谁识得，徒教俗子骂荒唐。

［程蕙英］约活动于清光绪、宣统（1875—1911）前后。清代弹词女作家，字莒俦，阳湖（今江苏常熟）人。出身书香门第，自幼能诗善文，性狂放倜傥。后家道中落，出任女塾师，以教书为业，作《凤双飞》长篇弹词。

这篇弹词故事情节复杂离奇，二位主角都是男人，但作者却处处站在女性地位着笔。全书100多万字52回，她历时20年三易其稿，使之成为当时流行最广的弹词作品之一。看到多年的心血没有白费，她感到无限欣慰，在卷末题写《七绝》两首：『紫虚楼阁倚长空，飘渺烟云夺化工。阁上凤凰已飞去，余音犹绕碧梧桐。』『易稿三番此最优，枯毫落处渐成丘。应逢福地为书簏，慰我辛勤二十秋。』清光绪二十五年（1899年）刊行，刊行前已有抄本广泛流传，纸贵一时。

蕙英工诗，有《北窗吟稿》。人们认为她的诗作纯粹是阅世之作，非平常闺秀所能成就。

《自题〈凤双飞〉后寄杨香畹》

半生心迹向谁论？愿借霜毫说与君。未必笑啼皆中节，敢言怒骂亦成文。
惊天事业三秋梦，动地悲欢一片云。开卷但供知己玩，任教俗辈耳无闻。

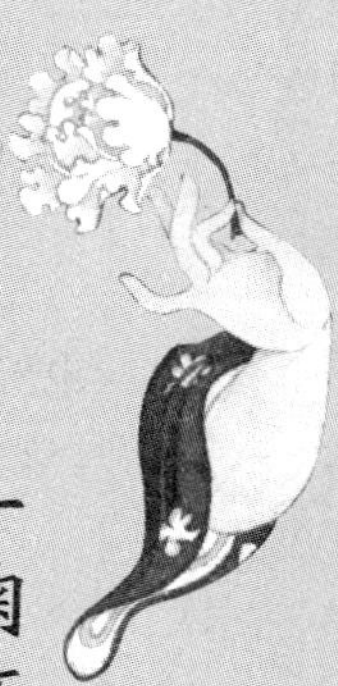

一掬红颜泪

——诗咏红楼十二钗

女儿吟

一曲红楼千万疑，重门恩怨被蛾眉。
忍看花色随风淡，吟尽肝肠徒自悲。

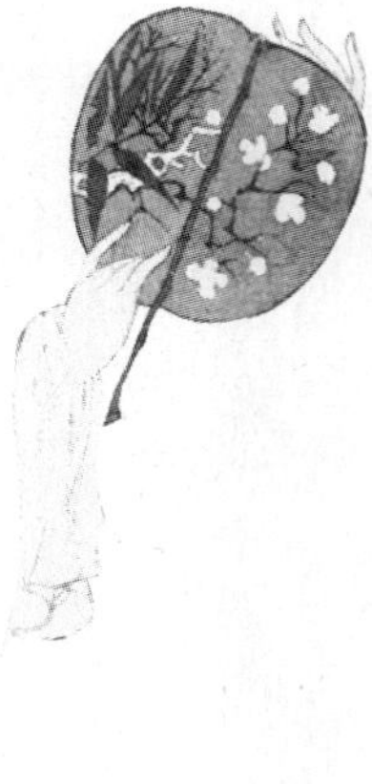

惜春命
庚寅

红楼赋

红楼一曲，千古流传。十二金钗，花色各艳。睹末世豪门之荣衰，究封建理道湮灭之演化；怜一园窈窕之女子，叹人生命运乖舛之悲凄。红尘如戏，角色迥异；一隅舞台，大千竞技。攀龙附凤，冷庵残灯；周旋关节，浑噩愚钝。坠入尘世之纷纭，可怜红颜之憔悴。一个情字，哭煞古今儿女心。

潇湘馆里，雅致清高。误前世之绛草，还今世之清泪。身出名宦之家，寄篱于豪门一角。诗赋空吟，情肠谁系？徒教花季销流水之无情，难觅知音共高山之欣悦。纨绔子弟，所托何益；注定这前世姻缘，经不起今世之风雨。眼泪还尽，情债未了；落花成泥，香魂依旧。不如归去，清梦留之于后人，粉泪沁香于斑竹。

金陵望族，谁此端淑。独怜宝钗，自持机杼。采诸子百家之广博，开诗赋一园之生面。情之所至，花月光鲜；境与物合，黛玉比肩。赊来金玉良缘，传续道统；吟尽雪月风花，不敌风雨。性情天来，志趣地迥。叹息一己之红颜，芳春终随落花去；往昔侯门之繁华，衣冠皆逐风雨歇。

人生一世，昙花一时。元春凭贤德受宠于宫禁，堆锦绣赏玩于华堂。荣宁肆意于奢靡，鸡犬飞腾于衢巷。可叹雾花水月，转瞬云烟；冷宫幽僻，宅邸荒凉。自古颜色悲殉道，荫庇更替万事了。芳魂痛一缕，大梦越千年。

贾府生来千才，眉眼顾盼神飞。瑶池仙子，诗斋蕉客。虽庶出而无傲气，通练达且富果敢。领一园之诗骚，吟百卉之烂漫。处惊乱而神定，兴利除弊，堪比凤姐。惜满腹才气，未逢治世，终落得三千里风尘，鹄望故土。

若道洒脱无忌，还寻枕霞旧友。身无脂粉之气，口无世故之言。持螯酌酒，浑然须眉。醉卧芍药，憨态可掬；题咏海棠，才思捷颖。不减燕赵豪侠，雅然名士风流。此等钗裙，岂不男儿之幸？千古山有高低，人有祸福。嫁得知音，悲哉早殇。皆曰红颜薄命，云雨何必高唐。

一园粉黛，各有千秋。栊翠庵中，玉质孤清。涵名门之书香，脱俗尘之性情。远名利之素怀，追天地之自然。青灯古卷，浸淫修行。虽槛外而无出尘，遣雅趣且有高格。消磨时日，妙龄暗损。高厦倾覆，才色土泥。世上万千皆定数，空门依旧颂阿弥。

赏来满园出色，迎春浪得虚名。木然处世，徒有心善。身出上人而无心骨，肤如凝脂却乏才情。时日浑噩，角色边缘。嫁得王孙之公子，招来风雨之摧残。可怜千金之娇躯，无奈封建之羁绊。府中无贵人，命运自多舛。

红楼半部，藕花一榭。家道中落，戏份无多。纵惜春难绾春归去，空缁衣不耐衣渐冷。世道没落而无缚鸡之力，佛堂超度岂有回春之术。命运堪悲，非苍天不垂怜；容颜失色，乃朱门之衰残。情未曾生，树凄然凋。

侯门八百人丁，生计一掌运筹。谁堪比柳眉凤眼，自生来睿智精明。打点内外而无纰漏，应酬上下不乏圆润。整顿冗乱，多有手段；贪婪钱财，亦臻极致。处危境而不乱，时通达而有道。百年荣衰，非一己之力胜；满府错综，独四时之周旋。纵有千古评说，性格鲜活卓然。

七夕降世，一字伏笔。因缘果报，世态炎凉。处贾府而未谙世道，济贫生而积德业。遭厄运而弃之柳巷，因故人而逢凶化吉。困于末世，蓬草无系。失之庇护，一曲艳词悲风雨；安之机杼，几椽茅屋度生涯。

金陵名宦之女，粗通诗书，寡居侍子。虽妙龄而心如槁木，循道统而不越雷池。竹林茅舍，寡欲清心，雅称稻香老农。倡结诗社，见经营之才；题咏海棠，解古井之闷。空消磨无能一生。命数如此，凤冠何益？

数生来风流，莫如可儿。妩媚袅娜，冠绝群芳。托太虚境之仙子，启宝玉之通人事；淫天香楼之暧昧，丧芳魂之一缕。身无所托，命何以掌握？情入孽海去，雨打落花来。

红楼女儿，千古悲情。一掬相思泪，读之可断肠。寻天涯何处香丘，空诗赋几度凄凉。不忍落红飞去，掩卷独怜群芳。

林黛玉

一生清泪宿中缘，孤傲谁俦绛草仙。
纵有诗肠销岁日，葬花无奈恨离渊。

薛宝钗

雍容端淑冠红楼，卷气何人可并俦。
一府亲疏无白眼，怎教宝玉入空休。

贾元春

命似昙花一瞬开，九重贤德亦堪哀。
玉身难息豪门劫，俗世繁华覆手灰。

長相思
庚寅

贾探春

才色精明漫院香，拢来钗黛咏诗堂。
偏逢末世悲蕉客，秋爽斋空一梦凉。

史湘云

一身拙朴庶诗才，卧醉红颜越古来。
只识满园皆故友，高唐云散叹孤哀。

妙玉

黄卷青灯独自持，扰纷槛外亦酬诗。
可怜玉质无清梦，一巷烟花恨判词。

贾迎春

处事昏然无大才，戏中龙套一悲哉。
五千银两残花季，万恶皆从礼道来。

贾惜春

藕榭风骚负雅名，一怀冷僻处纷争。
纵然落发庵中去，豪府残衰未洞明。

王熙凤

一门生计赖周旋，人事纷芜几看穿。
莫道精明多反误，红尘何处可齐肩。

巧姐

红楼梦短戏无多，七巧生来化病魔。
乱世若非因善报，勾栏一曲眼横波。

李纨

茅舍数椽敛性情，为宣积郁结诗盟。
默然巧姐无身手，凤冠一如蓬草轻。

秦可卿

道是风流终是悲，枉教袅娜与生随。
天香楼外香魂断，身在浊泥可问谁。

庄媚吐心音

——诗词卷

开篇

聊将心绪付清诗，多少春秋物我知。
莫管烟尘迷岁月，小楼耽尽竹枝词。

庚寅中秋

桃花赋

桃花者，花中之仙女者也。其色或红、或白、或粉，娇嫩欲滴，嫣然百媚。其性耐寒，与梅堪为并肩也。《神农本草经》云桃花『令人好颜色』，故而谓美人『人面桃花』。诗曰：『仙娥眉翠如柳色，佳人面红染桃花。』

究古今之花，冰清玉洁者有之，倾国倾城者有之，傲雪斗霜者有之。然感天动地者，非桃花莫属也。崔护之桃花人面，香君之桃花血扇，传唱千秋。至情至性，忠贞不渝，无一不感人至深。『桃之夭夭，灼灼其华。』元亮武陵，落英缤纷。李白之『桃花潭水深千尺，不及汪伦送我情』，刘禹锡之『玄都观里桃千树，尽是刘郎去后栽』，杜甫之『桃花一簇开无主，可爱深红爱浅红』，皆一时美句也。吾爱桃花，非唯怜其花色妩媚，尤德之不逐繁华，于野陌间悄然开落。艳丽与人，落红无声。神仙美人，皆得其馨耳。

爱之桃，乃赋诗曰：

千古风流谁识真？一花开落总精神。
桃花最解玲珑意，不似千香逐俗尘。

九张机·笺笺诉语

一张机，一宵骤雨染帘凄，凭窗怅望空幽寄。残花红褪，疏星零落，暗自唱离兮。
二张机，轻拈一瓣痛空枝，千丝万缕心头悔。凄凄顿首，彷徨无语，袅袅冷香迷。
三张机，愁深夜静泪侵衣，残香舞尽无心系。柔情千转，幽思难续，不觉子归啼。
四张机，潇湘蛩薄雨烟稀，痴愚枉恨终成累。长亭念瘦，听残更漏，独坐盼晨曦。
五张机，余香渍砚拌胭脂，怜红叹绿难回味。断章残句，素笺私语，寂寞几人知。
六张机，冰心封就悴凉诗，毫端腕笔皆情系。愁深几缕，魂伤几缕，泪笑一帘痴。
七张机，浮尘扰梦卷愁思，雨涩未怜声声唳。分香指冷，敛眸轻避，人后独低眉。
八张机，临风偷泪自矜持，玉肌傲骨芳菲意。庭前冷伫，登楼还怕，解绪舞青衣。
九张机，高楼斜倚梦依稀，月华照瘦相思地。人间不似，红尘休叹，归去独无归。

九张机·雏凤起敦煌（外一首）

一张机，杏花梦里赏罗衣。无边景色侵香袖，亭前流水，花间侬语，夕照不思归。
两张机，游人已少意归迟。堪将鸳梦酬佳侣，花前暗嗅，迎风追蝶，枉见燕双飞。
三张机，穹天明月照青衣。柔波鹭影随风去，扁舟闲荡，桃花依旧，袅袅柳丝垂。
四张机，窗前银烛影迷离。红笺不写休肠断，弦丝已冷，银屏空伫，一夜费情思。
五张机，凭楼自咏断肠诗。行行字字相思意，浅愁幽恨，远山春水，暗尽沈郎衣。
六张机，烟笼芳草漫嘉时。花间玉扇邀蝴蝶，纤纤素手，盈盈浅黛，可惜楚腰姿。
七张机，依然梦是叹人非。徒剩酒香欺潘鬓，桃花几处，物华空寄，红烛已成灰。
八张机，人间情物问阿谁？宿缘莫向花间觅，春光易逝，冰轮常缺，独自暗伤悲。
九张机，人生无悔莫相疑。薄情厚意应知度，冰心一片，琴挑千古，分合有终时。

赠田文龙

三秦才子意飞扬，倚马清来锦绣章。潘鬓沈腰皆作古，独怜雏凤起敦煌。

减字木兰花·风花雪月

风

春光烂漫，莫道它莺莺燕燕。
月上层楼，远处箫声谁解愁？
江南芳草，底事王孙归去早。
慵卷帘栊，已落桃花满地红。

花

疏篱无绪，不见陶公落寞去。
又是重阳，几度西风歇众芳。
楼台依旧，自古香尘应暗嗅。
柳絮曾飞，锦绣思怀欲问谁？

雪

洁清长驻，莫让尘泥沾落去。
独自飘飘，漫向山川赐玉袍。
芭蕉与淡，高士何曾箫笛怨？
近了梅花，留得孤怀诗酒赊。

月

何妨灵药，寂寞由来高格调。
怜桂婆娑，岂管它清光更多？
人间花事，终谢我缠绵合璧。
把酒青天，苏子乘风应未眠。

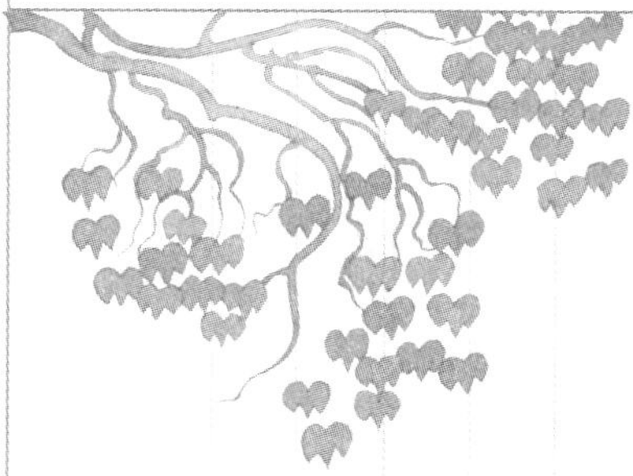

江城子·雪花飘

高楼何处弄秋箫？月华姣，水迢迢。
望断湘云，辗转度良宵。
空有阮囊书锦绣，香玉案，冷襟袍。
年华谁共玉人销，恨无聊，几鲛绡。
挼尽残红，莫道不妖娆。
兰质蕙心犹凤语，咏不尽，雪花飘。

凤凰台上忆吹箫·水月

庭外清辉，窗边冷艳，一风凉到中秋。
叹碧梧新老，箫远高楼。
离别相思最苦，空落寞，香断残留。
无人问，情肠几许，三月扬州。

休休。
把书检点，多少阕陈词，付与江流。
任绿肥红减，兰棹销愁。
莫道檀郎玉树，怎知我，覆水难收。
今时月，婆娑斫去，皓洁凝眸。

自度曲·秋心

伫立芳洲远，落花更伤春，
自古多少情人？
宫墙碧柳、鹊桥归路，
梦里谁解琴音？

不忍相思明月，湘江何日渡郎君。
泼墨千里外，花色泪凝痕。

盈盈，横塘独黄昏。
几度兰棹催发，沧海巫山何处云。
琵琶怨、丁香结，都付与雎鸠沾襟。
青鸟依在否？愁肠忆相深。

声声慢（二阕）

声声慢·暗香残瘦

红颜玉玦，白发尘衣，长桥漫舞席雪。
料峭西风寒透，断肠时节。
寻来杜康拼醉，且忘它，一生情绝。
叹笔底，对凄凉、独自写残哽咽。

忍道从今相别，憔悴损、兰亭水云空设。
倚马清才，尽付夕阳似血。
疏梅暗香几度，到陇头、冷冷冽冽。
这苦楚，又岂是明月瘦缺。

声声慢·红瘦绿缺

床边玉玦，案上红笺，庭前一夜积雪。
昨日微醺犹记，约来时节。
虹桥几番过客，枉自寻、马蹄声绝。
叹薄暮，有寒风、伫尽寂寥萧咽。

莫道人生逢别，当怨恨，良辰笃情曾设。
锦绣文心，怎敌落花飞血。
梧桐渐枯风远，到何时、顾影冷冽。
问旧月，可解我红瘦绿缺？

莺啼序·银河幽素

今宵恰逢七夕。正银河飞素。人间鹊、不见双栖。道是早已幽渡。
三百日、丹青逸笔。都消夜半痴无数。叹红尘花季。何时此情常驻。

水到湘江。秋波浅棹。任流莺烟树。唤蝴蝶、惹满香衣。记曾梁祝偕舞。
倚栏杆、渐寒玉袖。淡琴瑟、几番金缕。锦书残。空有芳菲。谁盟鸥鹭。

不堪明月。怕上高楼。恐近天桥处。闺寂寂、迢迢驿路。字字成谶。羁旅风尘。怎经霜雨?
枕边孤玦。窗前静墨。暗随罗裙朝朝瘦。最相知、垂柳鸳鸯浦。灵犀黯损。诗巾试问萧郎。可解声
声吩咐?

星河浩渺。牵尽回肠。枉鬓丝辛苦。未收拾、离愁别绪。枉作飘蓬。冷酒残杯。对影休诉。
初晴桂雪。长霄鸿字。料来我自冰清骨。又难消、戚戚依筝柱。任它一梦南柯。琴剑云游。慕追兰杜。

喝火令·秋情独幽

夜雨敲楼静

夜雨敲楼静，新秋入枕凉。
画屏尘满已无香。堪对落红飞舞，携影伫西窗。
笔墨缘人懒，情思逐日长。
几曾幽梦入潇湘。怎解清愁，怎解九回肠，怎解四时花月，叩断凤求凰。

夜色深如海

夜色深如海，霜风疾若潮。
恼人秋雨逐花凋。香冷玉楼无绪，词笔度残宵。

试墨怜笺瘦，凭栏叹梦遥。
鬓丝依旧为谁消。几处芭蕉，几处湿鲛绡，几处断肠心迹，滴暗一庭萧。

望断蘋洲路

望断蘋洲路，空迷柳岸烟。
夕阳斜处暗香残。停棹独横清碧，桃面可曾怜。
锦帕无从寄，青禽去复还。
宿缘何事惹流连。几醉兰庭，几醉柳堤间，几醉锦笺诗赋，一梦到湘南。

玉露倾花影

玉露倾花影，秋风剪梦痕。
万般心绪乱如藤。无奈雁儿归去，云水倚山分。

弦错思琴韵，暝深忆鸟魂。
想来风月也撩人。断了蝉音，断了这浮沉，断了镜中空叹，独自对孤岑。

画角壶中远

画阁伊人远，孤云槛外流。
问来江渚几清秋。冷落竖箫横笛，何处复登楼？
鬓与黄花老，尘同暮色愁。
一轩幽梦误汀洲。瘦了琵琶，瘦了楚诗囚，瘦了半庭明月，岂可瘦兰舟！

烛影摇红（二阕）

烛影摇红·千秋顾盼

诗酒情浓，隋珠映照波清浅。
绮琴横笛乐齐天，曼舞莺声转。
已是月华新换，有桃花、千金一盼。
几回得见？莫道瑶池，群芳曾艳。

翰墨姻缘，人间多少情长短。
无妨篱落暗香来，烟水天涯远。
惯看雨斜云散，望高楼、凭谁慧眼。
橘洲好梦，岳麓嘉词，深深庭院。

烛影摇红·出水芙蓉

楚水湘云，有多少黛眉深浅？
谁寻来月雁花鱼，夜夜回肠转。
莫道娇容新换，更莺声、千秋顾盼。
路遥怎见，芳草无凭，空思丰艳。

远浦帆归，平添儿女情长短。
且听它花落空阶，襟袖侵香远。
无奈雨来人散，枉亭台、曾经慧眼。
柳棉吹后，桃树开时，清凉深院。

祝英台近·月华如水

雪花飘，梅子艳，把卷玉香案。
红烛琴丝，夜透小庭院。
昔时月色堪怜，乌云尤惜，对镜里，芳华一瓣。
可相见？无妨万里云遥，锦绣寄团扇。
借问刘郎，桃渡与谁伴？
管它暮雨朝云，柳莺巢燕。笛声紧，张帆犹慢。

注：乌云：黑发，女人黑发如乌云，因以乌云表黑发。借代义。
韩邦靖《长安宫女行》：『西家有女如玉莹，夜剪乌云晨不行。』

菩萨蛮·雨夜弄琴

楼台香冷连绵雨，忍听老树流莺苦。
长发乱云烟，无端调七弦。
雁书情已薄，粉泪声声落。
谁解檀郎心，风花疏绮琴。

八声甘州·风骤卷清秋

正北乡萧瑟暮云天，风骤卷清秋。
叹枯藤残绿，曲塘冷碧，几处琼楼？
片片肥红都谢，花月一朝休。
深径漫荒草，溪水空流。

玉案堆笺无绪，任奁台尘满，宿雨难收。
纵瑶琴向晚，心瘦怎勾留。
恨青禽、徒传空语，又怎知、灞岸倦行舟。
谁怜我、素心孤抱，销尽闲愁。

鹧鸪天·赠梦行千古

万道华光泻玉柔，潇湘笙笛醉青眸。
满庭蕉竹清身价，半榻诗骚换酒筹。
曾倚马，几风流。碧梧凤语已何求。
锦心以待嫦娥许，千古何妨一梦留。

暗香（两阕）

暗香·遥寄素笺

一天月色，几度空寂寞，又来吹笛。
望断楚天，记取洲头橘曾摘。
乘兴清波奋棹，都付与、风华词笔。
讵料得、雨打风寒，残烛冷瑶席。

南国，夜独寂。
叹玉案墨沉，纸瘦愁积。
绮琴暗泣，诗酒无凭怎相忆？
莫道桃花又落，谁伴我、流连孤碧？
怨杜宇、啼尽了，断肠不得？

暗香·唤醒燕儿

昔时秀色，有几多顾恋，楼前横笛。
唤醒燕儿，不忍夭桃薄情摘。
今叹江郎已老，悲只剩、残笺秃笔。
更断尽、九曲柔肠，斜雨入寒席。

乡国，正冷寂。
痛万里路遥，大雪封积。
月孤对泣，诗酒无心枉相忆。
谁道东君谢我，赊半亩、烟波澄碧。
且罢了，凭绿瘦，带衣减得。

惜红衣·痴意

雪润红绡，香凝绿翠，月笼人醉。
脉脉柔思，千山洒芳蕊。
红罗起舞，幽梦里、琴音如水。
凭寄，鸿雁诉情，念深深痴意。

纤纤玉指，冉冉高山，心弦慰知己。
林梢燕子对对，可堪比。
红尘有情深重，一笑三生三世。
忆当年诗赋，回首暗抛红泪。

诉衷情·枉错缠绵

闲庭香冷暗飞霜，无意看梅妆。
凭栏销日无绪，莫道远山长。
思画阁，惜春芳。月曾伤。
灞桥词笔，湘岸琴声，谁解柔肠。

木兰花令·玉扇殇

依稀梦里桥头见，浅棹柔波争折扇。
罗裙飞上柳花痕，道是芳心同蝶变。
香残烛泪三更半，明月中天何处怨。
一怀锦绣嫁春风。琴瑟声声成夙愿。

满庭芳·贺知觉生辰

天女飞花，麻姑献寿，和风吹绽芬芳。
蟠桃熟了，王母笑先尝。
邀得七仙共舞，分明是、歌软云香。
倾情醉、八方来贺，一片喜洋洋！

惟真诚积善，雍容儒雅，谦逊恭良。
一声唤、且听古韵悠扬。
以德为先面世，崇淡泊、逸致文章。
将杯举、张灯结彩，同祝寿高长。

蝶恋花·雪

玉蝶飞天侵日暮，逐柳翻花、簪得行人去。
陌上车流应解舞，寒宵犹把娇姿数。
夜半怜君千里路，可似江南、霁雪重重阻？
欲寄心香传尺素，征鸿无影愁无主。

天使奏鸣曲（组诗）

第一乐章　天使之吻

海天杳接淡浮云，为觅鸥盟近婉君。
万顷波涛凭一棹，管它乱世几纷纭。

第二乐章　张开的翅膀

海隅江畔醉华阳，山水吟来几断肠。
纵使闲庭无锦瑟，慧心何处不留香。

第三乐章　蛇焰以及莲花

海客惯经风雨涯，涛声几度旧烟霞。
谁将炼石补天缺，纷落红尘五彩花。

第四乐章　沧海明珠

海鲛明月两相娱，千载冰纯情不孤。
莫道大千衣带瘦，从来香雪近莲株。

第五乐章　飞鸟和鱼

海阔波平兰棹徐，沉沙遗物已当初。
最怜礁岸千堆雪，犹似梨花香袭裾。

第六乐章 心灵的延伸

海门潮汐动青衿，长慕湘风花月琴。
轩外忍听莺燕语，诗肠可解故人心？

第七乐章 托举生命

海波澄碧惹相思，盼得西窗剪烛时。
待到桃花夹两岸，笛声飞入玉人帷。

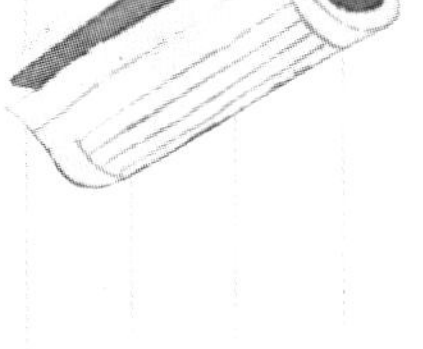

憶江南
庚寅秋

灵魂之号角（组诗）

怅望原野

野草荒沙几月明，红尘守望独弦清。
相思已逐千峰远，无尽秋花践誓盟。

水的幻想

秀林何处起柔琴，望断清流烟雨深。
花月不曾销落寞，一行征雁慰孤吟。

光的陈述

千秋玉笛与君吹，吹尽清凉志不移。
陋俗烟云浑一笑，满庭花色独纷披。

记忆之角

峭拔危峰拥旭阳，三春绿到马蹄香。
何妨风月同君醉，笙笛悠然入水湘。

风有方向

尘沙不复见诗骚，斫尽孤凄耽笔刀。
风雨四时依故我，清辉未远素襟袍。

红尘有泪

寒溪残照几重生，旷野孤音泣鹭盟。
载得相思舟一叶，天涯何地有回声。

星月（组诗）

倾心一赋

仙葩何日下瑶台，世上芳菲掩面开。
风月从来垂大雅，清姿独与竹梅来。

云端漫步

素手银筝万籁回，冰心一片水云开。
何妨骚客垂青眼，四序风花我自裁。

云裙水袖

云水苍茫我独来，笛箫吹绽半山梅。
风情万种生椽笔，高阁临风一酒杯。

惊鸿一醉

千秋娇色惹人怜，应惜惊鸿一醉缘。
尘世纷纭何足道，清风与我共流泉。

青衣（组诗）

无端秋雨满重楼，一棹清寒几碧柔。
莫道沙洲姿袅娜，芸窗浅醉复吟愁。
奈何声鼓又登楼，枉费回肠解古忧。
多少情思随笛远，悠悠湘水载清愁。

七律·偶题

无心逐日绾韶华，世俗恬然入我家。
万顷烟波凭一棹，半庭竹气赏龙蛇。
独怀飞雪漫天舞，且看澄流绕舍斜。
高阁临风开倦眼，琴诗何处不清嘉。

七律·惊闻玉树地震感赋

一梦花乡漫眼灰，林山万叠失崔嵬。
忍看残壁摇风冷，悲对飞禽泣雨哀。
四野震情恫地远，九州援手并天来。
齐心举力惊神鬼，大爱何曾有大灾。

七律·万岁！子弟兵

百万雄兵嘉庆时，苍天禹甸虎龙姿。
汶川千古军魂烈，南海同心帝国悲。
自有长缨驱鬼魅，拼将热血捍城池。
一身肝胆冲牛斗，厚土何曾半寸移？

赠星星

霜风数载深相知，一槛清光慰别时。

尘俗已耽冰玉洁，潇湘何处不传诗。

回文诗·赠风尘

风尘满袖楚云天，桐老疏声远笛弦。

瘦笔空清篱落月，篷舟几渡古桥烟。

天云楚袖满尘风，弦笛远声疏老桐。

月落篱清空瘦笔，烟桥古渡几舟篷。

藏头诗·赠天水宋唐

天籁心音飞雨花，水湄兰若起清嘉。
宋声未远行吟调，唐韵千秋灿月华。

赠海虹

江声海色畅悠游，千古云烟一卷收。
敢有词锋追老杜，无妨雪月淡清愁。

自题

我以常心悟世来，何妨云水共徘徊。
物人皆与风霜过，一掬辞文一酒杯。

跋◇天教雪月伴玲珑

今年的北方，特别的寒冷清寥。出得门来，可谓呵气成霜，滴水成冰。然而，这样的天气，最适合静静地读一本书了。古人说，『冬者岁之余，夜者日之余，阴雨者时之余』，都是读书的好时候。

不过，如今的文字，语多浮躁，真正如一盏佳茗般值得细细品味的却并不多见。江湖夜雨多年浸淫于《全唐诗》中，读惯了古人的名篇，对于现代人写古诗，常执怀疑的态度。如今，饱览这一卷《披雪听月》，却如酒徒见佳酿、老饕闻肉香，可得精神满腹矣。

雪可披否？月可听否？披雪听月，似无理，却有理。以常人之思维度之，大概觉得雪只可踏不可披，月只可观而不可听。然此处之雪月，乃是雪之精魂、月之神韵。李太白云『且就洞庭赊月色』，月色既然可赊，那心灵中的『雪月』自然可披可听，甚至可饮可餐。

古人说：『天上月色，能移世界。』寻常之景物，月下观之，也尽皆幽华可爱，有化腐通神之妙；而落雪之时，更是遍地洁白，如碎玉琼瑶妆点乾坤，山河面貌为之一新。打开这一卷冰雪之文，顿生尘垢不起、俗念尽清之感。对此，但觉澄怀涤虑，肝胆如洗、心骨俱冷、体气欲仙。

『因雪想高士，因花想美人，因酒想侠客，因月想好友』，我与一瓣雪花，相识恨晚。人海茫茫，有倾盖如故，有白头如新。虽远隔云山千叠，亦能感受到她过人的才气和倜傥的气度。一般女子的文笔，往往是流入软媚煽情一路，有道是：『文抽丽锦，曲按香檀。』这些文字，虽然有字字珠玑、满目琳琅之感，但却免不了有『七宝楼台，眩人眼目，碎拆下来，不成片段』的瑕疵。所吟也不外是春恨秋悲、情缠思牵之意。而在一瓣雪花的笔下，端丽清雅中透着清爽大气、沉着痛快，大有『红妆之季布，翠袖之朱家』的风度。她的文字不甜不腻，无忸怩拘泥之小儿女气，想必她也是有着『前生名士，今世美人』的因缘吧。

近体诗在今天，已不是一种很时尚的文体。有人写来，一味拟古，株守陈言，有人则妄语乱填，不成规矩。所以如何让旧诗这一艺术形式能够薪火相传，并且吐故纳新，是当代人一种责任和使命。今观一瓣雪花的诗词对联，很是可喜，她能转古人，不为古转，词句一一自胸襟流出，其清幽之意，如湘灵之鼓瑟于清江；其寥廓之感，如鸿雁之高鸣于平湖。读未竟，已不禁让人油然想起宋人词集中的这一联：『妙墨龙蛇飞动，新词雪月交光。』

一瓣雪花此书，集诗、书、画于一册，交相辉融，溢彩流光。不单诗句字字锦绣，书、画也均为当世精品。

书名，均由著名金石名家李立老先生所书。李老先生师从齐白石、潘天寿等大师，现为中国西泠印社社员、湖南文史研究馆馆员。他的字章法严谨，结体合度，刚劲简练，古朴雄奇，用笔遒劲，似有穿金裂石之力。

书中所绘图画，则由当代著名青年天才画家卢波先生所绘。他俊声远播，被画界誉为中国的凡·高，其画风细腻优美，用线潇洒飘逸，不染一丝人间烟火，令人惊艳而似有窒息之感。

袁宏道谈赏花，曾说『茗赏上，酒赏下』，而读《披雪听月》我觉得沏一杯好茶来『茗赏』固然可以，仿古人以《汉书》下酒般『酒赏』，也是相当痛快。因为此书中，既有清雅之思，又有慷慨之情，所以无论啜茗、浮白，都是甚为相得。

如今的社会，人们忙忙碌碌，少有安闲静心之时。然而，养心方可养身，心之安乐，才是真正的安乐。『枕上诗书闲处好』，让我们偷得浮生的半日清闲，打开这本《披雪听月》，你的心境一定也会像雪中月下一样清素澄明。

古人云：『人生必有一桩快意事，方不枉生一场。即不能有其事，亦须著得一种得意之书，庶几无憾耳。』此处寄语一瓣雪花：得意之书已成，写书的人得意，观书的人得意，夫得何求？

江湖夜雨 江湖夜雨

记于庚寅岁末

附：江湖夜雨，原名石继航，山东临清人，天涯煮酒论坛著名写手，2005 年网易社区最佳写手，2006 年天涯社区百大名人之一。CCTV4《中华情》诗意系列特邀撰稿人及文学顾问。

后记

经一年披星戴月，拙作终于面世。虽然习作尚不成熟，亦多有可酌之处，但究竟是自己笔墨之总结、锤炼之断章。如蒙诸方家不吝赐教，则二位作者之万幸也！

此《披雪听月》中有画幅若干，蒙诸君之不弃，得众贤之力荐，遂成一册，得以图文并举，也算得作者之幸事也！集子能够顺利杀青，诸老师、学长襄助、指点，功莫大焉！感谢岳麓书社为拙作面世提供了良好的平台，感谢书画泰斗李立老师题写书名并为此书作序，感谢中华诗词前辈晨崧先生百忙中作序，以及好友江湖夜雨先生题跋及用心校对。并于此谢过一直关心支持我们的老师、朋友们。

愿文图皆可随君意，此心可待他年续。

卢波　一瓣雪花

二〇一一年三月

图书在版编目(CIP)数据

披雪听月/田艳著;卢波绘.—长沙:岳麓书社,2011.5

ISBN 978-7-80761-642-9

Ⅰ.披... Ⅱ.①田...②卢... Ⅲ.①近体诗—诗集—中国—当代②散文集—中国—当代 Ⅳ.I217.2

中国版本图书馆CIP数据核字(2011)第092582号

披雪听月

作　　者:田艳　著　卢波绘

责任编辑:蔡　晟　李伏媛

装帧设计:山和水

岳麓书社出版发行

地址:湖南省长沙市爱民路47号

电话:0731—88885616(邮购)

邮编:410006

网址:www.yueluhistory.com

2011年6月第1版第1次印刷

开本:700×1000　1/16

印张:20

字数:200千字

印数:1—5,000

ISBN 978-7-80761-642-9/I·972

定价:88.00元

承印:湖南众鑫印务有限公司

如有印装质量问题,请与本社印务部联系

电话:0731—88884129

披雪聽月

披雪聽月　八十七叟李立題

目录

《披雪听月》画册序／〇六

咏菩提萨埵图／〇九

咏地藏菩萨像／一一

咏菩提萨图／一三

咏杨枝观音／一五

咏红云观音／一七

湘　江／一九

高士图／二一

夜犹香／二三

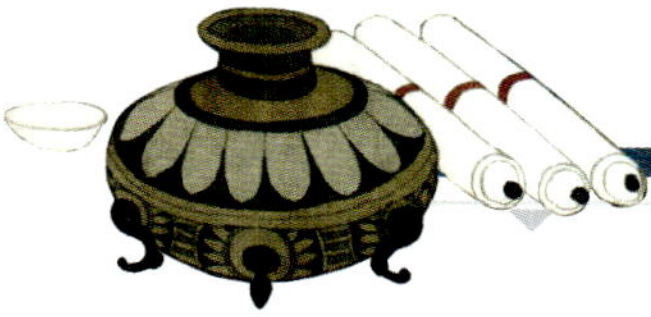

红　颜／二五

兰　蕙／二七

披　雪／二九

听　月／三一

贵妃醉酒／三三

绿　腊／三五

图惜春令／三六

图清乐调／三七

图临江仙／三八

图踏莎行／三九

图鹊桥仙／四〇
图迷仙引／四一
图醉花荫／四二
图忆王孙／四三
图卷珠帘／四四
图感庭秋／四五
图长相思／四六
图如梦令／四七
图清平调／四八
图忆江南／四九

咏清瑞图／五一
咏清风图／五三
咏依香图／五五
咏沁芳图／五七
咏驱邪降福图／五九
咏驱邪图／六一
年　画／六二
画海飘絮／六三
赠卢波／七一
后　记／七二

《披雪听月》画册序

众人皆知勤者贤。勤，一字易读，却是难以持恒。坚持之下，心胸里必是磊落之气。勤为画界贤者之大德，曹衣吴带，宋风明派，勤者数之不尽，直至近代白石先生亦然。然今世界日新月异，时不待、心不宁，而勤者于今更为可贵矣！我不觉得抛世离群才可铸炼画技，心静神宁是画者之心必循之道，然笔下意境岂可是角隅蚁穴丝缕羊肠？是定要做到融汇古今，承前启后，方可说出其神髓一二。

小友卢波，于画者群龄而言年岁不大，闻其沉默寡言、重疾缠身、抑郁扰神，唯知作画延年。其不闻尘事，潜心于画，可谓画痴。其抱病习墨，不废光阴，可谓执着。见其作，竟令余有他乡遇故知之感。其画有三异：其一，动漫中见线描风骨。承接古今，繁华细密，然其式竟为时下之卡通，异矣！其二，连环画里寻古意。其自三岁便开始临习王叔晖、刘凌沧等连坛巨匠之作，且多迷恋六朝笔意，抒线如书，俊秀飘逸，偏走大多画家所弃之坎坷真径。其三，融会贯通之工笔。其幼年便多做速写、素描，且喜装饰设计，又好文词诗作，音律屏影，汇之以丰富之灵，化作以融汇之意，工笔人物里多有顾盼伤情之慨，弦外之音，隐奇情密意，可观之良久，引观千里浮游，岂不异矣？！三类作齐头并举，心血绘就，量丰品高，然出一病骨之丹青，人也异也。余

求索于此生，幸也。然春华秋实数度后，所就之心释然。卢波生之磨难，令其磨心铸性，千里遥遥，一笔通心，快事也。

此番《披雪听月》，是卢波的工笔画第一次结集成卷。不言诗作之高妙，就图意而言，其形憨然可爱，其线飘逸内敛，其态真性高然，其意古远唐宋。作者谦言皆是征途之矢，未近一二。数图一月而成，然层染不躁，发缕纤丝毕现，构图中古今通融，线里可见神宁心平，却又顺畅驰疆，如独舟行江之悠悠，月暗酌香之惬惬，其心已是桃源南山。二湘翩跹，宋玉潇然，欧阳化境，钟馗遒悍，此图堪对诗心血！

夜朗星稀，又是小友卢波作画时，愿他病体早愈，痴心不改，为世间再添一段佳话。古人云：『龙岂池中物，乘雷欲上天！』今日八十六龄老翁在长沙，赠小友卢波嵌名联一幅，以表喜爱之心！

卢酒阅清纯，百味红尘皆有悟；

波涛扬焕烂，一轩云墨足开怀。

注：焕烂：扬赤波之焕烂。（郭璞《盐池赋》）

李立

二〇一一年三月于长沙西园北里

南无大慈大悲
救苦救难广大
灵感观世音菩
萨摩诃萨南无
佛南无法南无僧
南无救苦
救难观
世音
菩萨
怛垤
哆伽
伐哆
伽伐哆
伽诃伐哆伽
伐哆伽伐哆娑婆
诃天罗神地罗神人离难
难离身一切灾殃化为尘
南无摩诃般若波罗蜜
盧波繪製石家莊庚辰年九月

咏菩提萨埵图

从南海而来，一路慈肠怜众子；
引西天极乐，万秋净水息余灾。

【菩提萨埵】

『菩提萨埵』是以观音菩萨为主角的经文《心经》中最重要的一句，就是菩萨一词的全称。

画中观世音的姿势为三十二观音变相图中的姿态最为优雅自在的一种，古称众宝观音。衣纹描法采用北宋李公麟最为擅长的行云流水描。此描法，如云似水，流畅飘逸，更能衬托出观世音自在清静的无上意境。作者左手绘制的观音像，得到了佛教界佛协副会长净慧长老的肯定，以及梵音寺主持慧普法师、台湾佛教界等人士的认可和鼓励。愿此画能够给每一位观者带来吉祥安康。

大願地藏王菩薩

咏地藏菩萨像

慈悲何论鬼人，地狱度空无孽障；

法力犹能教化，佛门宏愿悯生灵。

【地藏菩萨】

画中地藏菩萨一手持明珠，象征照彻通往天堂的路，一手用锡杖敲开苦难地狱的门，象征接引受苦的灵魂走向幸福天堂。《地藏经》在佛教中有『孝经』之誉，而地藏菩萨也是孝顺、度脱、善的化身。借此图扬孝德，助人之美，希望遭遇磨难的人们早日得到幸福。

南无南海观世音菩萨

咏菩提萨图

劫海慈航与众同，一心念圣即从容。
何妨困厄迷时眼，陋舍依然接鹫峰。

【菩提萨】

佛教东渐后，观音菩萨的形象在中原文化里变得更加多姿多彩起来，除了大家熟知的水月观音、杨枝观音等之外，海岛观音也是其最为优雅美丽的形象之一。海天一色的清雅，衬托观音白衣似雪的翩然，淡然祥和的气度，使人如沐春风到南海，释然天成得菩提。作者巧借荷塘观音不变的形态，假以海岛云天的景象，使画面出现了别样的境界。

南無觀世音菩薩
庚寅冬日雲波繪

咏杨枝观音

大千万物有真如，多少慧根尘里居。
佛自慈悲明本性，柳枝净水点当初。

【杨枝观音】

画中观音形态为杨枝观音，此形态入画最早见于唐代画家阎立本之作，左手托玉净瓶，右手用杨柳枝施药，除灾降吉祥。衣纹描法为盛行于北宋的行云流水描，作者在古画法的基础上灵动多变，使衣袂如在风中飘举。设色淡雅清新，有轻纱曼妙的质感。画中的天空由于作者用了较为现代的渐变设色法而显得深远开阔，如有清风徐徐而来。作者自幼便常画观音，临习过多种风格的名作，此画造型融会古代观音造像之大成，又将清丽淡雅的现代风贯通其中，令画面丰富多姿。作品画于年初春节，愿观者如沐清风，在观音的微笑里感受到清静自在。

觀世音菩薩造像
庚寅年秋月雲波敬繪

咏红云观音

借得龙眠笔一枝，画心参到佛心时。

无边法相拯尘难，四海红云万古垂。

【红云观音】

这幅画是此画集里出现的第四幅姿态不变、但氛围大为不同的观音像。如果说第一幅是静雅、清凉的境界，此图则加重了线描力度，改换了天空的颜色，但祥和、富丽和谐的感觉扑面而来，感染观者。作者沉心静气的笔法，苦心钻研推敲的探索都在此画中体现了出来。天空设色是用朱砂红染成的，其原料为佛教界常用之吉祥法物，有辟邪吉祥的含意。作者生辰与观音诞辰同日的奇妙、三岁习画至今的经历，为此画增加了美好的弦外之音。

注：李公麟，号龙眠居士。

湘江

湘江

幼年知湘妃，是从任率英的年画中得知，画中舜妻二妃像两片彩羽，在湘江的水上飘摇相顾。后在傅抱石的画中看到，她们脱去了凡尘气，高古但没有表情地立在风雨里，令观者念的是抱石先生生前的儒，思的是北魏风骨无言的雅。世上唯一誉满九州的姐妹妻，带着楚辞般的瑰丽磅礴，在高古的史册上留下仙踪芳华。高悬最原始的月亮图腾，借来汉棺石刻上的衣饰，移栽了顾恺之神卷上的芳树，在仿古的浓郁底色上，飘渺着娥皇、女英解不开的思郁。想起黛玉、湘云，曹公笔下湘妃的化身在月下联诗，大观园最后一个平静月夜下，最迷离美丽的身影……

高士图

高士图

幼年，见到故宫藏画挂历，看到山泉旁，凉亭下，茅舍中，有留须男子坐卧。看标题，知道了这是一位『姓高名士』的人，踩着板凳才能翻阅的我在想：这个姓高的好出名啊，好多人都画他啊！后随师学画线描，又看到『姓高的』，采菊东篱，调琴品茗，学画山水，又看见他缩小得如米粒，但看那情形，是他无疑。

时光飞逝，看了许多古史典籍，才知晓幼年的错误，常常失笑。

高士衣着简易，寥寥数线，或高冠，或长巾，表情淡淡，但那淡然高远竟绵绵而来，才知晓为何画家、文士乃至仕途之人多爱高士图，似乎千古文章都在那一刻静了下来，绵延出一股清泉，悄悄流过心头，带你知晓天地之苍茫，高雅之幽静……

如今说着这些，会有人笑的，岂不知这高士一词已成为一梦想，成为回归的一个方向。

只是时下的诸多『高士』，需靠物资之厚，才换得几把素琴，满园竹影，香茗美酒，或高山别墅，滨海私宅……灵魂上却更远离了。

夜猶香

夜犹香

年少时，夜行藏剪，至花坛无人时，剪折数花蕾而去。此后的几天，皆是甜蜜的等待。看那绿苞儿初绽芳华，艳色将浓，时时渐喜。怒放时，在校也笑着，疾奔回家观花。

花儿开尽荼靡，美人渐老，色褪颜衰时，觉得连我也老去了。举止迟缓，心灰意冷，送花入土，就像是我折杀了她，天惨惨兮万物皆哀，虽不至落泪，也要痛上三日。转而成魔，继续做花坛煞科。后觉成瘾，狂惊即止！

君莫笑，孩子行事矣。若依我童言，花店岂不成屠场，众屠夫笑颜相迎：『杀哪个？玫瑰？牡丹？百合？康乃馨吧，如今流行宰之。』

还是前朝风雅。秉烛高照，夜里犹挂念着花的睡醒。衣未穿，便急问着：『绿红肥瘦？』

爱着花，还是去护她吧。我愿求其次，绢花假花也赋予怜惜。轻洒香氛，何必动刀剪。

紅顏淚
辛卯年
雪波

红颜

儿时挤在人群里，看大院公用的黑白电视，依稀见戏里青衣哀唱，什么也不懂竟跟着哭了。家里壁上贴着年画——刘旦宅先生的十二金钗。娃娃般娇俏，恍惚懂得了美人的意思。常去邻家女孩屋里，实在是为了墙上的《洛神图》。还有西邻刘奶奶家里的画——《瑶池十二仙女》，刘奶奶披着大披肩，怀里抱着猫儿，笑着看我临摹。她家里的大座钟滴答作响，我屏息静气画着，直到妈妈喊我回家……童年，除了孙猴子、哪吒是我的最爱之外，就是这些图中红颜了。

如今才知，红颜佳人，可见文化的投影……今时美人在古代，可能无人理睬，即使最靠近今天的清代，郎世宁绘制的香妃图，洋人拍摄的京沪名媛佳丽，乃至民国时期的四大名旦……这些名噪一时的红颜除了像极了古画里的美人，哪一点有时下佳丽的影子？细眼妩媚，内敛风雅，翩跹婀娜，这些美丽的字眼，从古文图册里流出，六朝的人做了千年的梦。如今字句仍在，人们心中想的却与古人差之千里了。

蕙蘭吟
辛卯春

兰蕙

兰，叶有绕指之弧，花有馨香之雅。

初见兰，是在一园内，栽于假山畔。放学时去那宽大的院台嬉戏，我愣于兰前，迷恋那轻盈的弧线，简洁至此却胜过万千旖旎。我轻声问：『这是什么花？』一路过的阿姨轻声应道：『墨兰。』语声若兰，融于空中，淡然一生。

初觉兰如才女，是看到一位心静的学姊。那日晴和，竹林里有月琴声如环佩，断续悄然，听了片刻，竟是有心无心地散弹《梅花三弄》。看到她如在无人空谷，弹了一会便在册页上用毛笔写些什么。孩子嬉戏，欲夺琴玩，被大人们领走。似乎不忍碰触晨时莹莹欲坠的露，护那冰魄玉环的空淡，人们纷纷绕行……

披雪 辛卯 西陵

披雪

掩埋了昔日的途，简化了熟悉的景。让古建最具诗人气质的便是雪后。飞檐成了写意里的神来之笔，宽匝遒劲地向天一挥。

古人浪漫远非今人所及。雪早已是汉赋唐诗里频繁登场的比拟。洛神若『流风回雪』，四个字里衣带翩跹，蓦然回望，身形云转，倾倒给后人遐思几世，曼妙不可言说。『发如雪』，悲意透纸而出，为我们垂下的是瀑雪的悲凉……

因此，雪于我而言，是和古人同往的迷境。再下雪时，你也去寻访吧。雪中有梳理自己心路的草亭，有晾晒愁绪的枝桠，有六朝同感的心和你欢聚。

披花月舞，是畅游天地的心，流出的乐谱。踏着沐月的青莲，挥动你幻想的绸带……

聽月
辛卯

听月

刘心武说：黛玉殁于水。或撒残花轻移步，岸上只见钗环薄衫，人已化水而仙去。了了风刀霜剑，断了木石前缘。而天上，当有一轮明月。

一恨海棠无香，二恨鲥鱼有骨，三恨《红楼》未完。有这三恨的张爱玲，穿着旗人宽袍的她，交稿日，幽幽地走过印刷厂，指间夹着的那叠稿纸，倒像是一方绢帕……李碧华曾撰文写道：『站在夺去她夫君的女人前，行李未离手，却要寻纸笔画之。描摹间，笔从手中滑落，她呆然地叹道：你的笑和他一样。』随后翩然而去，像春末一片无力的飞絮。

《金锁记》里，张爱玲写道：『三十年前的月亮，该是铜钱大的一个红黄的湿晕，像朵云轩信笺上落了一滴泪珠，陈旧而迷糊。』字是她的颜料，词是她的丹青，泪印、湿晕与月亮……舞者飘飞的衣袂。

人间不尽风与月，五味俱陈君自知。

生而为人，可读可闻，可饮可餐，幸也。自己就是一本书。何须窗外寻云月。

莊帽
辛卯年

贵妃醉酒

论戏，可谓华丽之至，梅先生拍摄该片时，已年近六旬。其弟子纷纷前来捧场，精妆细扮，且在青春华年，如群仙林立，但梅君一现，众仙娥忽而变作花丛，独有梅君若国色扶摇……

论史，更是天宝年间一场风流传奇，若明若暗。白乐天除却污尘，唯余华艳，著诗撼千古，至今读来，那明皇孤苦的身影、仙岛上太真的魅影犹若眼前……为这『此恨绵绵无绝期』，也便免了那尴尬的夺婚、木瓜伤乳、不问国事、红尘一笑吧。

自小便知杨贵妃，年画上、戏场里、荧屏上倏忽时现，直至看到《簪花仕女图》，幼小的心忽而感到失落，丰盈兮？娥眉美？直到长大，才觉察那种别样的艳丽。

记得有纪录片寻踪，质疑贵妃未死、飘落至扶桑。至今，日本的那片海滩还能看到国内飘来的包装袋，花钿委地无人收的香魂或许真的逐浪而来……夜探寺堂，日本僧人欣然迎之，说那尊菩萨便是按照贵妃模样塑成的，灯火亮处，一尊菩萨若仙似神，眉目极致清秀，给贵妃传奇做下一个美丽飘渺的注脚。

春词
新妆宜下朱楼深锁春光
一院愁行到中庭数花朵
蜻蜓飞上玉搔头
刘禹锡句

绿腊

初知绿腊乃芭蕉，得益于《红楼梦》。后在阳光下观蕉许久，那浓盈飘光，真则是『腊』字可表。

忘不了大学时，一园的美人蕉，灿烂开放。其实那花园建成时日并不久，四周稀疏几棵弱柳，桃花只有零星几朵。园丁钟情那美人蕉，从温室里小心地抱来弱苗，初春便有了玉立的样子，盛夏高过两米。花开不提也罢，叶子也见多了。只是深秋时，园丁将它们连根挖起，去掉上方的大叶，美人们忽然变成孩提，根部与土包裹起来，一棵棵放入坑中掩埋。就像《聊斋》里的精灵花仙，误食雄黄，中了暗算，没有定住化身，现了可怜兮兮的本身，被多情人收了，送回洞府修炼，待到来年春日，又是一株绿蜡窈窕。

翻开明清仕女图集，美人多在芭蕉旁寻愁觅句；盛夏时，慵懒地以之为席。那深碧的阔叶，脉却立挺如有锋芒，映衬佳人水做的骨肉，云做的衣衫，含烟目，鬓如云，何必沉鱼落雁。

惜春令
庚寅雪凌

庚寅中秋

臨江僊
庚寅

踏莎行
庚寅 于波

庚寅年

迷偎引
庚寅、云波

醉芭蕉
庚寅 雪波

憶王孫
庚寅 雲波

卷珠帘
庚寅云波

感庭秋
庚寅·雲波

長相思
庚寅

如夢令 庚寅安波

庚寅秋

憶江南
庚寅秋

清瑞圖

咏清瑞图

淡抹写成花一枝，谁教典雅自来奇。
园中几朵销尘俗，千古红黄入我诗。

【清瑞图】

全用淡墨没骨画法（不勾轮廓线，单靠染来画），画法上用了最最简朴的墨色，却一样可以表现纯洁、富丽。摹古的绘画方法让我深深领略了古人的创造之精妙。

清風圖
庚寅年秋
雲波

咏清风图

乱风惊雨未堪悲，依旧娇容笑绽时。
可叹群芳无玉节，何曾桀骜践花期。

【清风图】

风吹乱了枝叶，甚至弱叶不堪风雨，但花朵仍然保持桀骜，依旧用最后的尊严直面花季的结束。

倚香图
庚寅年秋
雲凌

咏依香图

深圃无声自在开，长教骚客赋徘徊。
万人皆识春风面，谁解余心慎独来。

【依香图】

最为保守圆满的画法，画深圃之幽花，不求众赏，守着寂寞，清香依旧。

沁芳图
庚寅年秋
云波

咏沁芳图

老却韶华情更多，孤芳自赏奈它何。
沉香亭畔倾王醉，尽是文人寂寞歌。

【沁芳图】

我想起了老人绣的牡丹，古旧并不代表无香，已经不屑招摇，却依旧守着独特的芬芳，老于岁月沁心香。

驅邪降福

咏驱邪降福图

夜来工细写钟馗，杨柳青前觅我师。
巨擘惜随烟雨去，灵心已入笔中奇。

驱邪图
戊子年

咏驱邪图

悟得神髓拜旭奇，一图写罢动灵姿。
人间妖鬼知何处，大目洞明黎庶悲。

年画

年画，幼时记忆中最美的图画。

真的感谢自己属于『70后』，看到了连环画、年画最后的鼎盛。

那时只要去买年画，就可看到工笔大师的作品。王叔晖、刘旦宅、程十发……画幅大，印刷精美。只是纸张太差，一年后就变得脆而易碎，至此除非库存，民间保存下来的品相都差。竟然也给工笔画带来弊端。如今很多不知情者常轻蔑工笔，说像年画，品味差云云。实属冤案！如同美术馆中无知辈呼『跟我家挂历一样』，随即轻蔑之。

严格说，纯正年画，应属桃花坞、杨柳青、武强、滩头镇等地的年画。其中杨柳青、南派年画多精细、工丽，余者以拙、粗犷为鲜明特色。而新中国成立后，出版社多将国画引入其中。虽印刷过了，国画仍为国画，怎能随意混淆？！擦笔年画多从上海美人烟片演变而来，近年绝迹，无塚无碑，荒芜凄凉。

近来发觉杨柳青民国时期年画向工笔画借鉴颇多，多次看到海派名画被翻画成年画。且笔墨技巧丰富多变，线功甚为了得！可见其层层上进的意向。

仿了一幅来。借几分民间馨香，以荫心意。

画海飘絮

——作画闲余，乘兴胡撰，杂记数篇，聊做笑谈

之一：醉红楼

小学二年级，正逢生日，父问要何礼物，我提出要《红楼梦》。父说，不是已有小人儿书吗？我得意地晃着小脑袋说，那是删节的，我要看小说。三本厚厚的人民文学版《红楼》入住我家，看得我云里雾里，双目近视搬来扛去，枕上袖边……

初中时，终于发生不幸，《红楼》三册被芳邻借走，分户九段还回，其间还有残页飞花，满纸荒唐言，一把辛酸泪！自此我落了个吝啬弊病，不再借书于人！

一梦至今，从儿时画到现在，单是风格也画了七、八种。已过而立，可梦至今未醒。

那年上京访师，进了回大观园，喜欢潇湘馆。花墙外，溪水悠悠而过，裁碎一地阳光晃耀。园内病竹三千，在风中轻吟，我坐在紫鹃绣花的廊下听竹竟然睡着。一声尖叫惊醒了我，原来是黛玉的塑料肖像惊吓了东瀛少年。是啊，红楼一梦过海，朝拜绛珠而来，少年心在塑料假人前崩溃，我的林妹妹，你怎么变成这般样子！

起草了四条屏，红楼四季，此为之夏，要送入画廊求价。与群芳分别前留影，愿此图入惜者宅。湘云，快随了众人去吧，这边香菱还要误染石榴裙呢。

之二：嬉童图

幼年时，父好交友，众多叔伯见到我，或故意唬吓，或调笑……都随八十年代的阳光同落记忆之河。

忽在清文人画中，见扬州八怪黄慎画《嬉童图》，忍不住手痒因袭，变了风貌，擅自加入我执见解，只因那钟馗面上那熟悉的笑。

喜欢孩子，太小的却不知怎么沟通，又不擅做鬼脸；稍长善解人意的，瞧出我的情谊，主动搭讪，给我个机遇。再长几岁，编了故事使其晕，孩子便粘黏不离。笑。

忽然想念教过的一些孩儿们。偶在路上被几个壮汉拦住，原是我的孩儿们，已携妻带子，或厨或商，见到我仍是一幅嬉皮笑脸的孩子样，只是娇是撒不成了。

祝孩儿们、叔伯们身体安泰，顺心如意。

之三：长安记之踏莎行

何当摘荷？沾两分夏寥寂雨，洒三四相思？悻悻也，恨池畔徒留旖旎道，不得芙蕖清芬纤毫！

初到时，我恨这西京有二，一不得熟宣好纸，二不见莲花半朵。

缘来在雨。那日雨匀匀地下了一整天，浸透得整个西安都变得陌生起来。出行时，水清清凌凌地为我铺了一路，我命之为寻芳道场。

今人做的唐苑，会好到哪里？还是去了。才在当晚的梦里采了满天的清荷。

商家趁着这难得的打盹天、催眠日，去做那怀金悼玉的梦。独有我这痴儿，在看门人讶异的注视里举一青伞踏水沐秋辉。

转过生烟的瀑山，翻过水法翻卷的西峰，撞见佳人……一个个扶着绿婢，偎着青奴，半抬着泪眼看我，缓缓唱道：『我本碧波仙子芙蓉君，一醉仙浆遣忧寂。看荷的人啊，你来得太晚！非要那寒来霜往红残碧殁？』

难得是重瓣的水芙蓉，像是经过相思重重的吞噬，层叠的仙袂芳衣里，仍是纯洁的嫩蕊，净得令人伤心……

做唐三彩的姑娘指向那方，去仕女阁吧。我闭了青伞上楼阁，看到纱幕罩着一幅《唐宫散宴图》。风神懂画，吹得一墙白纱飘渺，宫娥落寞地前来拾碟收盏，白裙的阿监回眸看你：『你是谁家的儿郎？为何窥看这繁华已过的残席？看画的人啊，你来的太晚！只等这茶冷香散玉褪人消？』

赏花需及时，青春无双度。不要做我这迟到的观者，病了才去做伤感的游者，误了一池的清荷……

归来画仙，不再怨那纸儿漏矾，斑斑驳驳的，似有伤心的泪儿滴落……

之四：长安记之鹊桥仙

序：庚寅夏，病之恹恹，浑噩南下，不能海上寻仙，但愿长安悬壶士，可救我余生！

念长安，不期至，怎可辜负这墙、城、园、院？要乘着这伤怀日、寂寥时，试解愚衷……（自嘲喷笑）

明城门，是一队宽街拐角突遇的仪仗，满目铠甲般的旧城墙，像从沙场仆仆而归的将士三千，疲倦但仍旧威严……

城门上暗绿旧红，飞檐倦倦的弧线，雕梁怠怠的撑扶，像展开了一袭若百年的嫁衣，无力却威吓地对着你。不记得几回从那城门下过，车儿带着你沿那街的流线，幽怨而迟缓地靠近它，慢慢进入它的门中。陡然昏暗的穿越，好像头上淋了历史的细雨，双耳里都是密密匝匝的私语，还没有听到伊人几声抽泣，就已浑然离开。仍旧沿街迟缓地走，和明城门依依地别。那份悱恻，像民国淡妆的青衣，在冷清的雨中天桥，无力挥了几番水袖……

我不喜欢西门，城门和热街像是东宫、西宫，互相倾轧。西门显然颓败，输给了批发市场，输给了地道桥。唯有剩下的东、南、北门冷冷地把住了繁华的风口，其中南门和钟楼是最坚强的遗贵，任凭庭前花、天上云的聒噪，它们仍旧傲得得体、雍容……

夜近深，听不到更鼓，传说里最撩人的旧城吹埙，这盏饱含文学汁水的灯烛不知被谁吹灭。北院门、书院门的卖埙摊主关门前，寥寥地吹了几声，已听不出让西安文人流泪的沉意……

夜雨悠然而至，望着被光线割裂的南天，那明城墙下，当有几声叹息。

古伶小旦不怕卸妆，只需清掉面上薄薄的粉，浅若晨雾的胭脂腮飘入了水盆，唱扮时，你仍旧可知他天然的端秀。这点古风你还能从梅郎等辈的旧影里得见。明城门不是优伶，却一样不怕时间的卸妆、上妆，风雨洗下了浅淡的彩妆，甚至装了霓虹、挂了红灯、染了漆彩，还是一样的巍然而孤寂。

卢　波

二〇一一年三月

赠卢波

生与丹青结风缘，神毫恣起古云烟。
忍教魔疾侵时月，一读华章一慨然。

一瓣雪花

后记

经一年披星戴月，拙作终于面世。虽然习作尚不成熟，亦多有可酌之处，但究竟是自己笔墨之总结、锤炼之断章。如蒙诸方家不吝赐教，则二位作者之万幸也！

此《披雪听月》中有画幅若干，蒙诸君之不弃，得众贤之力荐，遂成一册，得以图文并举，也算得作者之幸事也！集子能够顺利杀青，诸老师、学长襄助、指点，功莫大焉！感谢岳麓书社为拙作面世提供了良好的平台，感谢书画泰斗李立老师题写书名并为此书作序，感谢中华诗词前辈晨崧先生百忙中作序，以及好友江湖夜雨先生题跋及用心校对。并于此谢过一直关心支持我们的老师、朋友们。

愿文图皆可随君意，此心可待他年续。

卢波　一瓣雪花

二〇一一年三月